HISTOIRE

D'UN

BLOC DE HOUILLE

SIXIÈME SÉRIE. — Format in-8°.

La descente dans la mine.

HISTOIRE

D'UN

BLOC DE HOUILLE

PAR

H. BOURON

Ingénieur des Arts et Manufactures

ET

FERNAND HUE

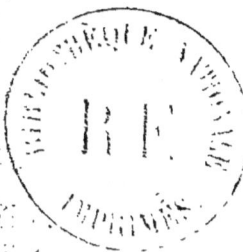

PARIS

H. LECÈNE ET H. OUDIN, ÉDITEURS

17, RUE BONAPARTE, 17

1888

HISTOIRE

D'UN

BLOC DE HOUILLE

A L'ÉCOLE BERTHOLLET

Le 5 août 1886, les élèves de l'École Berthollet étaient réunis dans la grande salle des fêtes ; la veille avait eu lieu la distribution des prix ; ce jour-là, c'est pour une autre cérémonie qu'on avait convoqué les jeunes gens : il s'agissait de proclamer les noms des dix élèves qui, par leur assiduité au travail, avaient mérité, comme récompense, de faire partie du voyage de vacances exécuté chaque année.

Fondée par un petit-neveu du grand chimiste français Berthollet, cette école recevait plus spécialement des jeunes gens se destinant à l'étude de la chimie appliquée à l'industrie. Le fondateur avait voulu que l'école portât le nom de son oncle ; en outre, pour faciliter les études pratiques, il avait versé une grosse somme, dont les intérêts devaient servir chaque année à conduire dans une grande usine, les dix jeunes gens qui s'étaient le plus distingués.

Quels seraient les heureux lauréats ?

Où les mènerait-on ?

Quitteraient-ils Paris ? iraient-ils visiter une des nombreuses industries établies en province ?

Telles sont les questions que se posaient les élèves, menant grand tapage, causant haut, courant d'un banc à l'autre, s'interpellant, comme de vrais collégiens en vacance, qui ne craignent plus la férule du maître.

Enfin, deux heures sonnèrent ; c'était l'heure fixée. Un grand silence se fit dans la salle et chacun reprit sa place.

Une porte du fond s'ouvrit, et M. le directeur de l'école, suivi des professeurs, s'avança sur l'estrade. Quand chacun eut pris place, le directeur s'adressa en ces termes aux jeunes gens :

« Chers élèves,

« Vous savez tous que le généreux fondateur de cette école a voulu que les plus méritants d'entre vous visitassent chaque année une grande exploitation industrielle ; après avoir examiné les titres de chacun, le conseil d'administration de l'école a désigné les élèves suivants :

« Paul LEMARRIER,
« Louis TISSERAND,

« Théodore ONFROY,

« Octave BAUCHER,

« Bernard L'HERMITE,

« Ludovic BLOT,

« Alphonse COUDERC,

« Charles MEYER,

« Jean MORIN,

« Michel DUBREUIL. »

La lecture de ces noms fut saluée par de bruyants applaudissements, qui disaient assez que les élèves reconnaissaient la justice du choix fait.

« Cette année, mes chers amis, reprit le directeur quand le calme se fut rétabli, nous visiterons une grande exploitation de charbon de la région houillère de Rive-de-Gier ; quand nous aurons vu extraire le charbon de la mine, nous l'accompagnerons dans une usine à gaz ; nous aurons ainsi suivi toutes ses transformations, et le récit de ce voyage, que chacun de vous écrira au retour, pourra prendre pour titre :

« HISTOIRE D'UN BLOC DE HOUILLE.

« Nous nous réunirons ici après-demain matin, à neuf heures ; je n'ai pas besoin de vous recommander d'être exacts. »

Cette allocution terminée, le directeur congédia son jeune auditoire, et les élèves sortirent, félicitant leurs camarades de leur bonne fortune.

Les pages qui vont suivre sont la copie exacte du récit de ce voyage de vacance, rédigé par Bernard L'Hermitte, dont le compte rendu fut jugé le meilleur ; ce jeune élève a bien voulu nous le communiquer et nous autoriser à le reproduire.

PREMIÈRE PARTIE

LA MINE

CHAPITRE PREMIER

Départ de Paris. — Un voyageur en plus. — Cours de géographie et d'histoire à toute vapeur.

Bien avant l'heure fixée pour le départ, nous étions tous réunis dans la grande cour de l'école, portant chacun notre léger bagage. A notre gré, M. le directeur tardait bien à descendre ; à tout moment nous consultions nos montres et restions bien convaincus que nous serions en retard, et certainement, manquerions le train.

Enfin, l'omnibus de l'école vint se ranger devant la porte d'entrée, le conducteur hissa nos valises sur l'impériale, et, impatients, nous prîmes place dans la voiture ; presque aussitôt M. le directeur vint nous rejoindre et donna le signal du départ. J'avoue que j'éprouvai un sensible plaisir à sentir le lourd véhicule roulant sur le pavé, car j'étais si heureux d'entreprendre ce voyage, que, malgré moi, je m'imaginais toujours qu'au dernier moment il surviendrait quelque empêchement imprévu.

Je pense que tous mes camarades ressentaient la même impression, car le trajet de l'école à la gare fut silencieux.

A la suite de M. le directeur, nous pénétrâmes dans la grande salle des Pas-Perdus de la gare de Lyon, le suivant de près, marchant sur ses talons de peur de le perdre. M. l'économe, envoyé à l'avance, avait pris les billets qu'il remit à chacun de nous, et, traversant les salles d'attente, nous gagnâmes les quais où stationnait le train qui allait nous emmener.

— Par ici, mes enfants, nous dit le directeur.

Il nous fit entrer dans un compartiment de seconde classe et y monta à son tour.

Chacun se casa, s'installa, plaçant sa valise dans le filet, au-dessus de sa tête, ou sous les banquettes.

— Mais nous sommes un de trop, s'écria Louis Tisserand ; il n'y a que dix places et nous sommes onze.

— Nous nous tasserons, répondit Charles.

— C'est vrai, dit M. le directeur ; je ne voudrais cependant pas que l'on nous séparât.

La perspective de voir un de nos camarades

nous quitter nous effrayait ; notre petitesse aidant, nous fîmes si bien qu'à la rigueur, on aurait encore pu mettre un voyageur.

Certains maintenant que rien ne pourrait les empêcher de partir, mes camarades se mirent à bavarder tous ensemble ; quant à moi, que le hasard avait placé dans un coin, près de la portière, j'avais bien assez à faire de suivre le mouvement de la grande aiguille de l'horloge qui marchait trop lentement à mon gré ; le train devait partir à 10 heures 23 ; il était 10 heures 19 ; encore quatre minutes ; j'ai cru que jamais elles ne s'écouleraient.

Enfin, l'employé passa pour contrôler les billets.

— Il y a un voyageur en trop, dit-il.

— Oui, répondit M. le directeur, mais cela ne nous gêne pas, et je désire ne pas me séparer de ces jeunes gens.

L'employé hésita un instant, puis, rendant les billets, s'éloigna sans rien dire.

Derrière lui en vint un autre qui ferma les portières ; un coup de cloche, puis un coup de sifflet retentirent dans la gare et, lentement, le train s'ébranla.

— Ah ! enfin ! nous voilà partis !

Notre train était un express et nous passions, rapides, devant les stations sans nous y arrêter ; notre première halte fut Melun, ensuite Fontainebleau et Montereau.

— Nous venons de traverser deux villes historiques, mes enfants, et certainement vous n'avez pas oublié les événements dont elles furent le théâtre, nous dit le directeur comme le train se remettait en marche.

— Fontainebleau est célèbre par son beau château et Montereau par l'assassinat de Jean sans Peur, répondit Charles.

— Oui. Et c'est dans le beau château de Fontainebleau que Napoléon signa son abdication en 1814 ; quant à Montereau, outre l'assassinat de Jean sans Peur, duc de Bourgogne, par Tanneguy du Châtel, cette ville fut encore le théâtre de la victoire remportée par Napoléon Ier sur les alliés l'année même de son abdication.

M. le directeur nous raconta ces faits historiques, pendant que le train nous emportait à toute vitesse.

Quand il eut terminé son récit, nous nous mîmes à admirer le paysage qui se déroulait à nos yeux, changeant sans cesse d'aspect et nous charmant par sa diversité et sa nouveauté ; après les grandes plaines de la Brie, où les paysans terminaient la moisson, l'immense forêt de Fontainebleau, puis les coteaux couverts de vignes de la Bourgogne. Tantôt le train courait au sommet d'un remblais, traversant une vallée profonde ; tantôt c'est dans une tranchée que nous voyagions, ayant à droite et à gauche deux murs élevés, taillés à pic, qui bornaient notre vue.

Vers les quatre heures, nous étions à Dijon.

— Dijon ! Vingt minutes d'arrêt ! criaient les employés.

J'avoue que ce n'est pas sans un certain plaisir que je pus descendre et me dégourdir les jambes ; mes camarades et moi nous passâmes ce temps d'arrêt à nous promener sur les quais, n'osant guère nous éloigner, cependant, dans la crainte que le train repartît sans nous, ou de ne plus retrouver notre compartiment.

Depuis Dijon, nous traversâmes les clos fameux de la Bourgogne : Gevray, Vougeot, Nuits, Meursault, Beaune, puis plus tard, Mâcon et Romanèche.

Cependant nous commencions à trouver le voyage un peu long ; quelques-uns de mes camarades, d'une nature vive et remuante, s'agitaient désespérément sur la banquette, et du côté où j'étais assis, nous sentions fort bien qu'il y avait un voyageur en trop.

En entrant dans la gare de Saint-Germain du Mont d'Or, Charles Meyer s'écria ·

— Oh ! Voyez donc ces briques noires !

Et du doigt, il nous montrait un énorme tas de briques tellement noires qu'on eût dit du charbon.

— Est-ce pour construire des maisons? demanda-t-il.

— Non, mon ami, répondit le directeur ; ce

sont des briquettes de coke et de charbon agglo-
mérés; on les emploie pour chauffer les locomotives.

— Comment donc sont-elles fabriquées?
demanda Théodore Onfroy.

— Je vais vous le dire, mes amis; mais
en vous donnant cette explication, je vais empiéter
un peu sur l'avenir, parce que, celui qui vous fera
visiter l'usine à gaz aura l'occasion de vous indiquer cet emploi du coke et du charbon.

Ces briquettes sont faites soit avec du charbon,
soit avec du coke mélangé à du goudron extrait
du gaz. On mélange du *brai*, c'est-à-dire, ce qui
reste du goudron de gaz après qu'on en a
retiré différentes matières, avec des poussières de
charbon ou de coke; on ajoute à ce mélange des
substances agglutinantes, c'est-à-dire capables de
relier le brai et la poussière de charbon, et d'en
former une masse compacte; le tout, chauffé à un
certain degré, est placé dans des moules de différentes formes, et pressé par des appareils appelés
compresseurs. Les briquettes sortent de là comme
celles que vous venez de voir. Avant de les employer, toutefois, il faut qu'elles soient séchées à
l'air, pour atteindre un degré de densité suffisant.

— Cela ressemble beaucoup à la fabrication des
briques ordinaires, fit observer Jean Morin.

— Oui, au fond, le travail est le même : le brai
et les agglutinants remplacent l'eau dont se

servent les briquetiers ; en guise de terre, on emploie la houille et ce sont des machines qui actionnent les moules, tandis que les moules des briquetiers sont mus à la main, ou par un manège d'un ou plusieurs chevaux.

— J'ai vu des briqueteries auprès de Paris, dit Octave Baucher.

— Certes, il y en a beaucoup.

Pendant que M. le directeur nous donnait ces explications, la nuit était venue et la première partie de notre voyage tirait à sa fin. Bientôt, nous entendîmes crier : « Lyon-Vaise. »

Quelques minutes après : « Lyon-Perrache. »

Puis vinrent Oullins, Givors, Rive-de-Gier, où nous devions passer la nuit pour nous rendre le lendemain matin à Terre-Noire.

Un ingénieur, ancien élève de l'École Berthollet, et directeur d'une mine à Terre-Noire, M. Laurent, nous attendait à la gare ; il nous conduisit dans un hôtel où des lits nous avaient été préparés et nous donna rendez-vous pour le lendemain à la gare à six heures.

— C'est un peu tôt, jeunes gens, nous dit-il, et cela vous forcera à vous lever de bonne heure après une journée fatigante ; mais vous m'en remercierez, car vous assisterez à la descente des mineurs et nous entrerons dans la mine avec eux.

CHAPITRE II

De Rive-de-Gier à Terre-Noire. — Aspect du bassin houiller.
— Un nom bien mérité. — Une leçon de géologie. — La
légende. — Les débuts des mines. — Développement de la
région.

Le lendemain, exacts au rendez-vous, nous
prenions le train de 6 heures 5 qui devait, en quarante minutes, nous conduire à Terre-Noire ; mais
cette fois, force nous fut de nous séparer, car c'est
deux voyageurs en trop que nous aurions été dans
le compartiment. M. le directeur garda neuf de
mes condisciples avec lui, et moi, j'eus la bonne
fortune d'être désigné pour accompagner M. Laurent.

Je dis bonne fortune, car cet excellent homme,
voyant l'intérêt que je prenais à tout ce qui nous
entourait et qui était si nouveau pour moi, se faisait un véritable plaisir de me donner des explications sur tout.

— Voyez, me disait-il, à mesure que le train

avançait, comme cette région diffère de celles que vous avez traversées jusqu'ici.

Hier, si vous aviez parcouru pendant le jour le chemin de Lyon à Rive-de-Gier, vous auriez vu que le chemin de fer côtoie le Rhône jusqu'à Givors et remonte ensuite la belle vallée du Gier, aux collines boisées et verdoyantes. A partir de Rive-de-Gier, le pays change d'aspect : nous sommes dans la région houillère.

Voyez ces charpentes de formes massives qui se dressent dans les champs ; ce sont des *chevalements* élevés au-dessus des puits. Ces énormes poulies qui pendent au sommet soutiennent les câbles ; les mineurs les appellent des *molettes ;* c'est à ces câbles que sont suspendues les *bennes* qui montent et descendent dans le puits et apportent le charbon à l'orifice.

Ces hangars construits auprès des chevalements, sont les halles où l'on trie, mesure et dépose le charbon avant de le livrer au commerce.

Les villes et les villages que nous traversons ont aussi un aspect particulier ; les rues sont couvertes d'une boue noire et épaisse ; les maisons sont noircies par la fumée et la poussière du charbon de terre et tout en est imprégné, jusqu'aux feuilles des arbres.

Les abords des gares, eux-mêmes, ne ressemblent pas à ceux des autres pays · toutes les voitures que l'on y voit, charrettes ou wagons, sont chargées de charbon.

Et cette fièvre « du charbon », — pour appliquer à cette industrie l'expression dont on s'est servi pour dépeindre l'empressement des hommes à courir aux mines d'or, « la fièvre d'or », — a tellement tout envahi dans cette région, que tout ce qui n'est pas industrie houillère périclite. Voyez, les champs restent sans culture, et cependant, au commencement de notre siècle, tout ce pays était couvert de superbes moissons.

Au début du XVIIᵉ siècle, Saint-Étienne n'était qu'une bourgade habitée par quelques centaines d'hommes habiles dans l'art de forger des armes; Rive-de-Gier et Givors n'existaient pas et Saint-Chamond, que nous venons de traverser, n'était célèbre que par l'immense château fort dont vous voyez les ruines sur cette hauteur.

Deux siècles après, au commencement du XIXᵉ, Saint-Étienne renfermait seulement 20,000 habitants, bien qu'à la fabrication des armes se soit ajoutée celle des rubans et de la grosse quincaillerie ; aujourd'hui, grâce à l'énorme développement des exploitations minières, la ville compte 120,000 âmes ; Givors, Rive-de-Gier et Saint-Chamond sont des centres populeux et prospères.

Le train, s'arrêtant à la station de Terre-Noire, interrompit M. Laurent.

— Nous sommes arrivés, mon ami, me dit-il.

Nous descendîmes, et ayant rejoint nos compagnons, nous quittâmes la gare pour nous diriger vers le puits *Saint-Pierre*, par où nous devions pénétrer dans la mine sous la conduite de M. Laurent.

Terre-Noire ; que cette appellation nous parut juste, quand nous traversâmes le village ! Tout, en effet, y était revêtu d'une épaisse couche de poussière de charbon : la route, les champs, les arbres, les maisons et jusqu'à la figure des gens que nous croisions sur le chemin ; bientôt, nous regardant les uns les autres, nous pûmes constater que nous ne faisions pas exception à la règle : le voyage en chemin de fer et notre promenade de la gare à la mine avaient suffi pour nous donner la « couleur locale ».

Cependant, nous étions arrivés auprès du puits Saint-Pierre. Après avoir donné quelques ordres à des contremaîtres, M. Laurent nous emmena dans son cabinet, et nous montrant un plan de la coupe des terrains, suspendu au mur, s'exprima en ces termes :

— Mes chers amis, avant de vous conduire au fond de la mine, de vous faire descendre dans les « entrailles de la terre », laissez-moi vous dire quelques mots de la formation de la houille et de la composition des terrains qui la recèlent ; je serai bref.

La terre, la petite boule que nous habitons,

est formée, vous le savez, de plusieurs couches superposées ; ces couches, au nombre de quatorze, et dont chacune porte un nom, sont groupées en quatre systèmes auxquels on a donné le nom de la période pendant laquelle ils ont été formés : au centre de notre globe est une mer de feu, figurée en rouge sur le plan ; vient ensuite, après une première écorce de granit, le *système primaire*, c'est-à-dire de formation la plus ancienne ; plus haut, nous trouvons le *système secondaire*, qui aurait été constitué immédiatement après, puis le *système tertiaire* et enfin le *système quaternaire*, à la surface duquel est le sol que nous foulons.

A mesure que ces différents terrains se formaient, ils se couvraient d'une végétation bien plus vivace, bien plus puissante que celle que nous voyons actuellement sur notre globe ; puis, lorsque dans le travail lent mais continuel de la nature, les terrains se modifiaient, qu'une nouvelle couche venait se superposer sur la précédente, plantes et arbres étaient engloutis.

Ainsi enterrée, toute cette végétation, dont celle d'aujourd'hui ne peut nous donner une idée, subissait l'influence de la chaleur venant du centre de la terre ; enfermées dans ce gigantesque alambic, les forêts de l'époque primaire se décomposèrent, subirent l'action du feu et de la fermentation souterraine et, après Dieu sait combien de siècles, passant par des transformations successives, elles for-

mèrent ce que nous avons appelé la houille ou
charbon de terre. Les incrustations de plantes,

Incrustations de fougères dans la couche de houille.

les feuilles et même des arbres entiers trouvés
dans la couche de charbon de terre, ne laissent
aucun doute à cet égard.

Les terrains houillers ou carbonifères les plus riches sont situés au premier étage, c'est-à-dire dans les terrains primaires. Mais ces couches recélant le charbon ne sont pas partout aussi méthodiquement placées que l'indique ce plan ; à certains endroits du sous-sol et à certaines époques qu'il est impossible de fixer, il s'est produit des révolutions souterraines, des bouleversements, des commotions puissantes qui ont déplacé ces terrains, les ont transportés à un étage supérieur, les rapprochant de la surface ; c'est ce qui fait que, pour atteindre les gisements carbonifères, il faut creuser à des profondeurs si variables ; certains puits n'ont que *cent cinquante mètres* de creux, tandis que d'autres descendent jusqu'à *huit cents mètres*.

En même temps que la couche carbonifère a changé de place, pour ainsi dire, elle a changé de position : d'horizontale qu'elle était, elle a pu devenir verticale, oblique ou même décrire une courbe. C'est ce qui est arrivé pour le bassin houiller où nous sommes.

Voyez cette carte : la raie noire qui la traverse en formant comme un arc de cercle dont le terrain serait la corde, c'est la couche de houille ; ceci vous explique, mieux que ne le pourraient faire toutes les démonstrations, à quoi est due la profondeur des puits.

Il est bien entendu, mes chers amis, que cette couche de charbon est la grande couche, le gisement principal ; à côté de celui-là, il y en a d'autres moins importants que le puits traverse et que l'on exploite, ce sont des filons, et c'est pour les suivre, eux aussi, que l'on creuse des galeries transversales.

Cette explication technique terminée, je vais vous dire en quelques mots les débuts de l'introduction de la houille en France et de l'exploitation du bassin houiller de la Loire.

Et d'abord, mes jeunes amis, d'où lui vient son nom de houille ? D'un maréchal ferrant de Plénevaux, petit village des environs de Liège ; c'est du moins la légende qui le dit :

Ce maréchal se nommait Houillos, il était si pauvre, qu'il ne pouvait suffire à ses besoins ; souvent il n'avait pas de pain à donner à sa femme et à ses enfants. Un jour que, las de lutter contre le sort, il avait décidé d'en finir avec la vie, un vieillard à longue barbe blanche se présenta devant lui ; ils causèrent, et comme tous les malheureux aiment à conter leurs peines, Houillos confia ses chagrins à l'étranger. Le travail ne manquait pas dans sa forge ; mais le charbon de bois était si cher.....

Le vieillard fut ému de cette misère.

— Mon ami, dit-il, va dans la montagne, fouille le sol, et tu trouveras une pierre noire excellente pour la forge.

Houillos obéit et trouva la pierre annoncée avec laquelle il forgea un fer d'une seule chaude.

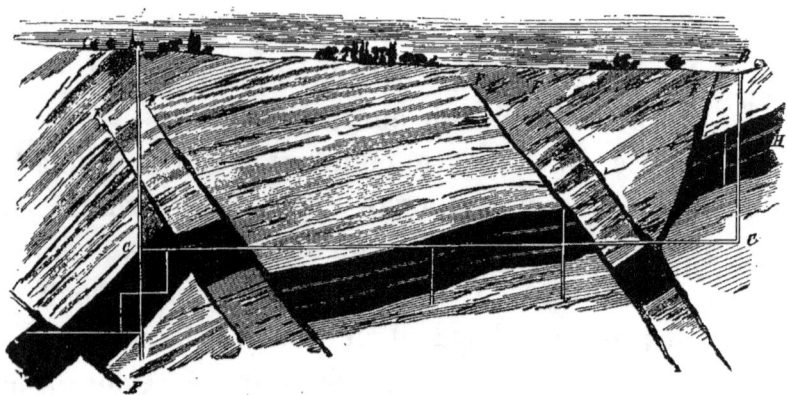

Coupe d'une mine de houille.

Rempli de joie, le brave forgeron ne voulut pas garder pour lui le secret de sa découverte, il en fit part à ses concitoyens et la postérité reconnaissante donna son nom au nouveau combustible.

Dès le XVIe siècle, on avait essayé d'introduire en France l'usage de la houille envoyée d'Angleterre ; sous Henri II, les docteurs de la Sorbonne l'avaient déclarée malsaine à cause de ses vapeurs malignes et sulfureuses ; un édit royal défendait aux maréchaux ferrants d'employer, *sous peine de prison et d'amende, le charbon de terre ou de pierre.*

Henri IV, au contraire, favorisa son introduction en France, en la déclarant exempte d'impôts ; mais, en 1714, elle fut de nouveau expulsée.

Pendant l'année 1769, le prix du bois ayant augmenté dans des proportions effrayantes, des marchands eurent l'idée de faire venir, des mines anglaises, du charbon de pierre, comme on l'appelait alors. Le charbon fut essayé dans les poêles par les gens du peuple, et dans les cheminées des antichambres chez les gens riches. Cet essai ne fut pas heureux : on accusa le charbon de vicier l'air, de salir le linge jusque dans les armoires et même, assura-t-on, de porter atteinte à la fraîcheur du teint des dames ; cette raison seule eût suffi pour proscrire le nouveau combustible ; aussi, malgré l'avis de l'Académie de médecine qui déclara l'usage de la houille sans danger, elle fut abandonnée.

Ce n'est qu'au commencement de notre siècle que l'usage s'en répandit.

L'existence du charbon dans cette région semble avoir été connue de tout temps ; en tout cas, il est certain que les Romains, dans les grandes tranchées qu'ils creusèrent pendant l'exécution de leurs travaux hydrauliques, mirent à nu quelques-unes de ces couches de houille ; mais ils n'employèrent pas le charbon, dans lequel ils ne voyaient qu'une pierre noire, s'allumant au feu et dégageant une odeur bitumeuse et désagréable.

Au moyen âge, quelques rares forgerons se servaient du charbon ; mais les paysans répugnaient à l'utiliser pour les usages domestiques ; on n'avait pas encore commencé le déboisement de nos forêts qui leur fournissaient du combustible à discrétion.

Malgré les recherches et les travaux entrepris vers le milieu du xviiie siècle, ce n'est guère qu'au commencement de notre siècle que l'on exploita véritablement les mines, et le signal fut donné par l'Angleterre qui venait de remplacer le charbon de bois par la houille pour la fabrication du fer. Une fois l'essor donné, les progrès furent rapides : on appliqua la houille à la fabrication du verre, des glaces, des porcelaines, des briques, de la chaux ; on l'appliqua au chauffage des machines à vapeur, et, du foyer des usines, le charbon passa bientôt au foyer domestique.

Les houillères de la Loire ont été, pour le centre de la France, l'origine de la création des usines métallurgiques dans cette région. C'est encore aux houillères du département de la Loire que nous devons les deux premiers chemins de fer qui se soient faits en France : celui de Saint-Étienne au pont d'Andrézieu, sur la Loire, concédé en 1823 ; il fut tracé comme une route ordinaire avec des pentes très fortes, et desservi par des chevaux; et celui de Saint-Étienne à Lyon, concédé en 1826 : ce fut le premier chemin de fer à locomotive.

Ces deux lignes ferrées ne furent établies que pour le transport de la houille, et l'on eût bien étonné les gens, si on eût dit que les colis les plus nombreux et les plus productifs seraient les voyageurs. Il est tel homme d'État, devenu célèbre et converti par la suite, qui prétendait, en 1834, devant les Chambres, lorsque l'on parlait de construire des chemins de fer allant de Paris sur tous les points de la France, qui prétendait que ce nouveau mode de locomotion ne servirait qu'à divertir les badauds de la capitale accourus pour voir passer les locomotives.

Que de progrès accomplis depuis un demi-siècle, mes enfants! et on peut le dire, grâce à la houille.

Un contremaître entra et vint prévenir M. Laurent que le poste de jour était prêt à descendre.

— Oui, c'est l'heure, dit-il. Allons, mes amis, allons voir descendre le poste et remonter ceux qui ont travaillé toute la nuit, puis à notre tour, nous pénétrerons dans la mine.

CHAPITRE III

En sortant du bureau de M. Laurent, nous fûmes frappés de l'animation qui régnait autour du puits : c'était un va-et-vient continuel d'hommes, de chevaux, de wagonnets vides ou pesamment chargés. Au-dessus des puits s'élevaient de hautes charpentes comme celles que l'ingénieur m'avait désignées sous le nom de *chevalement;* elles sont formées de quatre poutres plantées obliquement dans le sol, soutenues par de fortes traverses et se réunissant à leur extrémité supérieure. Au sommet, est suspendue une énorme poulie de fonte ou *molette,* sur laquelle court le câble qui soutient les *bennes.*

En approchant, nous remarquâmes un terre-plein carré, haut de deux mètres environ.

— C'est, nous dit M. Laurent, ce que l'on nomme le *carreau*, les *haldes* du puits; c'est comme la margelle, le parapet qui empêche les accidents et aussi les eaux pluviales de s'écouler dans le puits.

Non loin de là s'élèvent des hangars, des constructions nombreuses et les hautes cheminées des machines à vapeur.

A la bouche même du puits, brûle, dans une corbeille aux barreaux de fer, le charbon sans cesse allumé.

Autour de cette corbeille étaient réunis les hommes qui allaient descendre dans la mine.

Chemin faisant, M. Laurent nous expliqua que les travaux ne s'arrêtaient que le dimanche; les journées de 24 heures sont divisées en deux *postes*, celui de jour et celui de nuit; les ouvriers, qui pendant une semaine ont passé la journée dans la mine, y passent la nuit la semaine suivante. Ces ouvriers sont partagés en deux groupes : ceux *du fond*, c'est-à-dire, ceux qui travaillent sous terre, et ceux *du haut*, ou *du jour*.

Ceux du fond sont les *piqueurs*, qui abattent le charbon ; les *rouleurs* ou *traîneurs*, qui le transportent; les *accrocheurs*, qui attachent les wagons au câble, ou les placent dans la cage; les *remblayeurs*, qui font les remblais destinés à empêcher les éboulements; les *cantonniers*, qui entretiennent les voies; les *boiseurs*, qui étayent les galeries ;

les *mineurs au rocher* qui recherchent des filons dans le roc stérile.

A la surface sont les *receveurs*, qui détachent les wagons ; les *basculeurs*, les *trieurs*, les *laveurs*, les *machinistes*, les *chauffeurs*, les *pompiers*, *forgerons*, *charpentiers*, *lampistes*, dont les noms expliquent suffisamment les fonctions. Tous ces ouvriers sont placés sous la surveillance de contre-maîtres nommés *gouverneurs* dans le bassin de la Loire, *maîtres-porions* en Belgique, *overmen* en Angleterre, *caporaux* en Allemagne. Toute cette petite armée, qui compte souvent de trois à quatre cents hommes, est dirigée par l'ingénieur.

Comme nous avancions près du puits, les ouvriers du poste de jour se placèrent sur deux rangs. Je fus très étonné de l'apparence forte et vigoureuse de tous ces hommes ; je ne sais pourquoi, je m'étais figuré les mineurs usés, étiolés par le travail souterrain ; je croyais voir des hommes hâves, maigres, aux traits tirés et émaciés, tandis que ceux que j'avais devant moi respiraient la bonne santé, la force et la vigueur.

Je fis part de mes réflexions à M. le directeur, qui les transmit à M. Laurent.

— Je vois d'où provient votre erreur, répondit l'ingénieur ; vous avez encore présentes à l'esprit les descriptions des historiens de l'antiquité. De leur temps, le travail des mines était réservé aux esclaves et aux captifs ; mais aujourd'hui, nos

2.

mineurs sont des hommes libres, auxquels on n'impose pas une tâche au-dessus de leur force. Au physique, ce sont, vous le voyez, des hommes

Un mineur.

aussi bien portants et aussi vigoureux que ceux de nos campagnes; au moral, leurs qualités intellectuelles sont plus développées encore.

Je vous parlerai plus tard, plus en détail, de ces

braves populations ouvrières que j'aime tant, quand vous les aurez vues à l'œuvre.

Pendant que l'ingénieur parlait ainsi, nous nous étions approchés des mineurs; formés sur deux rangs, ils répondaient à l'appel que faisait un contremaître. Puis un ouvrier, passant devant eux, remit à chaque homme une lampe allumée.

— C'est la distribution des lampes, nous dit M. Laurent. Un ouvrier est spécialement chargé de leur entretien. A la descente de chaque poste dans la mine les ouvriers reçoivent une lampe, fermée à clef, c'est toujours la même; elle porte un numéro d'ordre correspondant à celui du mineur; il en est responsable et la rend au lampiste quand il remonte.

— Est-ce là la lampe Davy? demanda Louis Tisserand.

— Oui, mon ami, c'est la lampe de sûreté inventée par le chimiste anglais Humphry Davy. Je vais vous faire donner à chacun un costume, c'est-à-dire une blouse et un pantalon qui ne craignent rien, et une lampe.

Un homme nous apporta des vêtements, et bientôt, déguisés en mineurs, nous étions de nouveau réunis autour de M. Laurent qui nous fit remettre à chacun une lampe formée d'un cylindre de cuivre au-dessus duquel brûle la flamme, entourée d'un treillage de fils de fer très serré, une sorte de toile métallique.

— Le chimiste anglais Humphry Davy, ayant remarqué que la flamme d'un gaz embrasé ne pouvait traverser le tissu métallique, imagina, à la suite d'un terrible accident survenu en 1817, en

La lampe Davy.

Angleterre, et qui coûta la vie à quatre cents hommes, d'entourer la lampe d'une toile semblable.

— Évite-t-on ainsi tous les accidents ? demanda Charles Meyer.

— Oui, avec la lampe Davy les ouvriers sont relativement en sûreté, car elle s'éteint d'elle-même quand elle tombe et se brise, et quand la proportion de grisou mélangé à l'air devient trop considérable pour la sûreté du mineur ; mais nous reviendrons plus tard sur ce sujet.

Cependant, les ouvriers s'étaient divisés en deux bandes : les uns étaient restés sur le carreau du puits, tandis que d'autres se dirigeaient vers l'orifice d'une autre ouverture.

— C'est afin de gagner du temps, nous dit l'ingénieur ; ceux-ci vont descendre par les échelles tandis que ceux-là se serviront de la cage ; c'est aussi ce dernier moyen que nous emploierons.

— Y a-t-il donc plusieurs puits pour desservir la même mine ? demanda Louis Tisserand.

— Oui, mon ami : c'est d'abord le puits d'extraction, par où on retire le charbon ; le puits aux échelles, le puits des pompes et quelquefois, quand la position de la couche de houille s'y prête, un puits incliné, appelé *fendue,* qui du fond de la mine arrive à la surface par une pente assez douce pour qu'on puisse le suivre à pied.

A chaque voyage que faisait la cage, elle descendait dix hommes et en remontait le même nombre ; ceux-ci avaient l'air harassés ; ils étaient couverts d'une épaisse couche de poussière noire. Ils s'arrêtaient un instant devant le feu du brasier, séchaient leurs vêtements humides, allumaient

leurs pipes et, d'un pas lourd et fatigué, prenaient
le chemin de leurs demeures.

Le gouverneur s'approcha de l'ingénieur et lui
dit quelques mots.

La descente par les échelles.

— A notre tour, maintenant, mes enfants; et
surtout, n'ayez pas peur, il n'y a pas le moindre
danger.

Nous nous avançâmes sur la plate-forme par où nous avions vu disparaître les mineurs ; les trappes se levèrent et la cage remonta au niveau de l'endroit où nous nous tenions ; c'était une espèce de boîte à claire-voie à deux étages, glissant sur deux poteaux fixés du fond au sommet du puits et nommés guides.

— Je vous préviens, mes enfants que vous allez éprouver une sensation désagréable ; mais, encore une fois, n'ayez pas peur : grâce à ce parachute, il n'y a pas le moindre danger. Si le câble venait à se rompre, ce ressort, que la traction même du câble tient tendu, se déclancherait et ses deux extrémités pénétreraient dans les guides, assez profondément pour nous maintenir suspendus dans le puits jusqu'à l'arrivée du secours.

Nous éprouvions, néanmoins, une sorte de terreur en pénétrant dans la cage et les explications de M. Laurent n'avaient pas eu le don de nous rassurer complètement ; cependant, nous entrâmes, et presque aussitôt, l'ingénieur commanda : Laissez aller ; la machine se mit à descendre, et les trappes se refermèrent, nous plongeant dans une obscurité profonde, qu'au premier abord nos lampes n'arrivaient pas à éclairer.

M. Laurent avait dit vrai : nous éprouvâmes, moi du moins, une étrange sensation. Je ressentis comme une oscillation et l'impression désagréable d'un plancher qui s'abaisse sous les pieds ;

Ancien mode de descente dans la mine. (La nouvelle cage
de descente dans les mines st représentée par notre
gravure de frontispice.)

bientôt, cependant, je m'habituai à ce mouvement régulier et je finis par en perdre conscience, bien plus, il me sembla que j'étais immobile, et que la paroi du puits, les charpentes, l'entrée des galeries, que je distinguais vaguement, montaient avec une vitesse vertigineuse.

— Regardez la paroi du puits, nous dit M. Laurent, je vous expliquerai sa construction quand nous serons arrivés.

Il avait à peine terminé ces mots que la cage s'arrêta; nous étions en face d'une galerie.

— Nous y voici, dit-il.

— Mais nous ne sommes pas au fond du puits?

— Non, nous sommes à hauteur de la dernière galerie; en dessous de nous, le puits a encore quelques mètres de profondeur, c'est ce que l'on nomme le *puisard* où se réunissent les eaux de suintement.

Avant d'aller plus loin ; examinez le puits, il est carré et ses parois sont maçonnées, il forme comme une gigantesque cheminée large de quatre mètres et haute de deux cent cinquante.

Les puits ne sont pas tous carrés et maçonnés comme celui-ci : il y en a de ronds et d'ovales; les uns sont garnis de poutres et d'étais, ce que l'on nomme le *boisage*, d'autres sont ce que l'on appelle *cuvelés*. Ces différentes formes, et ces divers modes de construction dépendent du terrain dans lequel le puits est foré.

Le creusement d'un puits, le *fonçage*, comme on dit dans les mines, constitue, vous devez le comprendre, la partie la plus difficile des travaux; les puisatiers ont à lutter contre toutes sortes d'obstacles : l'obscurité, le manque d'air et l'envahissement des eaux; on combat le premier en travaillant avec des lampes, le second en envoyant de l'air frais au moyen de pompes, et le troisième en asséchant les travaux avec des seaux; mais vous jugez de la difficulté : l'espace est très restreint, on ne peut faire travailler qu'un petit nombre d'hommes et ils sont gênés dans leurs mouvements.

Tantôt les puisatiers travaillent dans un terrain sablonneux, mouvant, *éboulant;* il faut que les *boiseurs* soutiennent les parois au moyen de cadres et d'étais, à mesure que le puits se fonce. Malgré ces précautions, les éboulements sont fréquents : le *boisage* cède sous la pression puissante de la masse et des accidents terribles en résultent.

Vous êtes trop jeunes, mes chers amis, pour avoir entendu parler de l'accident arrivé au terrassier Giraud; je vais vous le raconter : Il creusait un puits près d'ici en 1854. Le malheureux fut atteint au fond du trou par une chute des terres supérieures, peut-être mal étançonnées; il vit comme une voûte se former tout à coup au-dessus de sa tête, et l'étreindre de sa pression; il demeura prisonnier avec un de ses camarades.

Comment sauver les pauvres mineurs? Il fallut foncer un nouveau puits au voisinage du premier, et rejoindre ensuite, par une galerie, le point où l'accident avait eu lieu. Malgré toute l'ardeur déployée, un mois fut nécessaire pour mener à bien l'entreprise, car des éboulements survinrent dans les travaux de sauvetage eux-mêmes.

Giraud et son compagnon entendaient le bruit du pic, répondaient aux travailleurs, croyaient à chaque instant que l'heure de la délivrance allait sonner. Vain espoir! Le camarade succomba. La faim l'emporta sur la douleur, comme dans la sombre aventure d'Ugolin; Giraud, plus énergique, résista. Le cadavre de son ami, couché sur lui, viciait le peu d'air qu'il respirait; mais le désir de vivre l'emporta. Ni la faim, ni ce sinistre voisinage n'abattirent cet homme : il ne voulait pas mourir. Il lutta un mois tout entier. A chaque instant on croyait le rejoindre, puis survenait un accident; il fallait recommencer. Giraud ne faiblissait pas; il répondait distinctement à toutes les demandes qu'on lui faisait.

La France, l'Europe entière suivaient cette lutte jour par jour. On donnait chaque soir un bulletin de la marche de la journée. Le trentième jour on cria victoire, Giraud était sauvé! Pâle, défait, réduit à l'état de squelette, son corps n'était plus qu'une plaie. La gangrène avait attaqué tous ses membres, et la cause en était due à ce cadavre qui, pendant trois semaines, s'était décomposé à ses côtés. On transporta l'infortuné puisatier à l'hôpital de Lyon ; il y vécut encore quelque temps, puis s'éteignit.

Souvent le puisatier s'attaque à un banc de roches dures et résistantes que ne peut entamer le pic ; il faut le briser avec la poudre et faire jouer la mine : encore là un danger.

Je vous ai parlé du *cuvelage;* on l'emploie surtout dans les terrains *éboulants* et qui laissent suinter une grande quantité d'eau. Le cuvelage consiste en une sorte de cuve, de tube que l'on pose à la surface du terrain à creuser, que l'on enfonce en terre, et dans lequel les ouvriers creusent. Aussitôt que la première cuve, le premier anneau a disparu, un second est posé dessus, puis un troisième et ainsi de suite jusqu'à ce que le puits soit assez profond.

L'intérieur forme donc un tube gigantesque composé d'une série d'anneaux superposés, et le premier posé repose sur le fond du puits.

La maçonnerie d'un puits se fait de la façon suivante : ou bien on muraille, de la base au sommet quand le puits est creusé en enlevant les boisages au fur à mesure ; ou bien on muraille à plusieurs reprises, c'est-à-dire par étages dès que l'on rencontre un banc de roches assez résistantes pour servir de base, d'assise, au revêtement de

Aspect général de la mine

maçonnerie. Cette opération terminée, on reprend le creusement jusqu'à un autre banc de roches et ainsi de suite jusqu'au dernier étage.

Maintenant, mes enfants, pénétrons dans les galeries.

CHAPITRE IV

La galerie dans laquelle noûs nous trouvions formait un long couloir, haut de deux mètres et large de deux mètres et demi environ, ses parois étaient revêtues d'un mur en maçonnerie semblable à celui du puits; sur le sol courait une voie ferrée destinée au roulement des wagonnets.

Depuis un instant que nous étions dans la mine, une chose m'avait frappée : c'était la différence de température avec l'air extérieur, et la régularité de cette température; j'en demandai la cause à M. Laurent.

— Vous savez, mes amis, répondit-il, que la température de l'intérieur de la terre augmente à

mesure que l'on descend plus avant ; à partir de
dix à quinze mètres on ne sent déjà plus la différence des saisons. Plus on avance, plus la chaleur
est grande et la progression est de un degré par
trente mètres environ. Vers 100 mètres, la température invariable est de 15° ; à 200 mètres, on
trouve 18° et 21 ou 22 à 300 mètres ; ici, nous
avons 20°. On cite même quelques mines du
Mexique où la température constante est de 36° ;
mais ce sont là de rares exceptions.

Nous aurons du reste à revenir plus tard sur ce
phénomène, quand je vous parlerai des moyens
employés pour aérer les puits. Pour le moment
étudions l'endroit où nous sommes.

Nous nous trouvons dans une galerie de direction
creusée à *travers-banc*, c'est-à-dire coupant transver-
salement la couche de houille ; on pourrait également l'appeler galerie de *roulage*, parce qu'elle
sert aussi au transport de la houille.

Dans l'établissement d'une mine, aussitôt le
puits foré, on ouvre quelques galeries comme
celle-ci ; elles servent d'abord à atteindre la couche
de charbon, et puis, au transport, à l'aérage et enfin
à la recherche de nouveaux gîtes.

Avançons dans l'intérieur, et nous verrons les
galeries d'extraction, celles que les mineurs creusent dans le filon et qui sont formés par l'enlève-
ment de la houille.

M. Laurent marchait devant nous ; à la lueur

de nos lampes, nous regardions, toujours un peu
émus, les murs de la longue galerie que nous sui-
vions; de temps à autre, un de mes camarades
buttait sur un rail, et ces petits accidents ne man-
quaient pas de provoquer nos rires.

Chemin faisant, nous croisâmes un wagonnet

Traînage par les chevaux.

chargé de charbon et traîné par un cheval.

— Des chevaux dans la mine! s'écria Charles.

— Certainement, mes enfants, nous allons
voir les écuries, un peu plus loin.

— Prenez garde, disait l'ingénieur de temps en
temps; le sol est un peu raboteux.

Après quelques minutes, nous arrivâmes à un
espèce de carrefour où s'ouvraient plusieurs sou-

3

terrains moins larges, moins hauts que celui que
nous venions de parcourir; puis, à droite, une
profonde excavation dans laquelle nous fit pénétrer l'ingénieur.

— Voici l'écurie, mes amis; vous voyez que
nos chevaux sont pourvus d'une ample nourri-

L'écurie dans la mine.

ture et en parfait état. Ils s'accommodent parfaitement de cette vie dans la mine.

— Comment les y amène-t-on? demandai-je à
M. Laurent.

— On les descend, par le puits, suspendus au
câble au moyen de courroies et de sangles.

— Ils doivent se débattre horriblement.

— Non, quand ces pauvres bêtes sentent la terre manquer sous leurs pieds, elles sont prises d'une terreur folle qui paralyse absolument tous leurs mouvements ; ils se laissent aller sans résistance ; cependant, j'en ai vu quelques-uns s'agiter désespérément et pousser des cris de terreur.

Allons maintenant aux galeries.

Nous quittâmes l'écurie pour revenir au centre du carrefour.

— Les galeries dans lesquelles nous allons pénétrer ont été creusées dans le filon de houille ; au fur et à mesure que le travail avançait, le fonçage, des boiseurs construisaient le revêtement intérieur que vous voyez ; il se compose de cadres garnis de madriers et posés comme des pierres de taille ; ils affectent au sommet la forme d'une voûte ; nous en trouvons d'autres qui sont ovales, le fond est recouvert d'un plancher sous lequel s'écoule l'eau. Ces rails sont destinés à recevoir les wagonnets qui arrivent chargés de houille et sont placés dans les cages pour être remontés à l'orifice.

Nous allons suivre cette voie, et nous ne tarderons pas à rencontrer les mineurs que vous verrez travailler.

Lorsque les galeries de premier établissement sont ouvertes et que l'on rencontre le filon, l'attaque du gisement commence ; or, ce filon se présente de bien des façons différentes : tantôt il est placé comme un mur en face du mineur, c'est alors

Attaque verticale ou du *vif-thier*.

l'attaque verticale, que les mineurs belges appellent le *vif-thier* ; tantôt, il est au sommet de la galerie, quelquefois à la base.

Quand le gisement est vertical, la chose va toute seule; nous en avons un au bout de cette galerie, venez le voir.

Après avoir fait quelques centaines de mètres, nous aperçûmes des ouvriers qui, à coups de pic, taillaient dans un immense bloc de charbon dont ils détachaient à chaque fois d'énormes morceaux; un *porteur* les ramassait et les plaçait dans un petit wagon.

— A mesure que cette nouvelle galerie se creuse, un charpentier que l'on nomme *boiseur*, étaye la voûte avec un système de boisage semblable à celui que vous avez vu dans les galeries que nous avons déjà parcourues. Allons voir maintenant un autre genre de travail.

Au fond d'une sorte de crypte basse et de peu de largeur, nous distinguâmes, couché sur le côté et frappant au-dessus de sa tête, un mineur engagé dans un boyau creusé au pied même de la galerie; sa lampe, placée près de lui, l'éclairait faiblement.

—C'est ce que l'on nomme le travail à *col-tordu*, nous dit M. Laurent; c'est un des plus pénibles qui soient imposés aux mineurs, et cependant, les ouvriers s'y habituent encore assez rapidement, tant notre pauvre machine humaine, quand elle y est contrainte, se fait à tout.

Ce que vous venez de voir, mes jeunes amis, est le travail régulier s'opérant pour ainsi dire sans difficulté. Quelquefois la roche de houille est dure

et résistante; les coups de pic ne suffisent pas pour
la désagréger, ou bien elle se trouve enchâssée,
encastrée pour ainsi dire dans des rochers d'une
extrême dureté, il faut alors employer la poudre
et faire sauter la masse. Or, mes enfants, vous devez
comprendre ce que cette opération présente de
dangers dans un espace aussi étroit que celui d'une
galerie et avec la menace continuelle du grisou se
répandant dans l'air et prenant feu au moment de
l'explosion de la cartouche. Je ne voudrais pas
vous faire assister à la mise du feu à une mine,
mais je vais vous faire voir des ouvriers préparant
un trou de mine.

M. Laurent interrogea un contremaître qui
nous suivait depuis notre descente dans le puits.

— Y a-t-il actuellement des mines en prépa-
tion ?

— Oui, monsieur l'ingénieur, dans la galerie
Saint-André.

— Tiens, fit observer notre directeur, les galeries portent des noms.

—Oui, monsieur, et généralement on leur donne,
comme aux puits, le nom du saint marqué sur le
calendrier le jour où elles sont ouvertes ; c'est un
moyen d'avoir une date certaine. Ne faut-il pas, du
reste, que chacune de ces voies souterraines ait un
nom, pour que nous puissions nous reconnaître au
milieu de leur dédale, pendant la nuit éternelle
qui règne dans la mine ?

Travail à *col-tordu.*

Toutes ces allées, ces galeries, ces souterrains qui se croisent, se coupent à angle droit, reviennent sur elles-mêmes, sont comme les rues d'une ville, car c'est une ville souterraine que notre mine ; et nous tenons un plan de toutes ces voies, aussi exact et aussi mathématiquement juste que celui d'une ville quelconque. A mesure que les

Ingénieurs levant le plan d'une mine.

galeries se creusent, que d'autres se bouchent, nous les notons sur nos plans et s'il arrivait un accident quelconque, un éboulement, par exemple, nous saurions où foncer pour aller sauver les malheureux.

A mesure que nous avancions dans la galerie qu'avait désignée le contremaître, nous entendions un bruit sec et régulier semblable à celui que font les chaudronniers façonnant des ustensiles de cuivre.

— Qu'est-ce que l'on entend ainsi ? demanda Louis Tisserand.

— Ce sont les coups de massette que les mineurs donnent sur les *fleurets*. Vous allez voir, nous y voilà.

Accroupi sur un banc de charbon, un ouvrier frappait à coups redoublés, avec un marteau, sur la tête d'une barre de fer dont une extrémité était enfoncée dans le roc. Non loin de lui, un autre homme tenait une barre de fer semblable, tandis qu'un mineur frappait dessus, comme un forgeron sur son enclume. De temps à autre, ils s'arrêtaient et versaient un peu d'eau dans le trou, ou bien, armés d'un instrument de fer, semblable à un crochet, ils nettoyaient le trou et en retiraient des morceaux de pierre et de sable.

— Ces hommes, nous dit le directeur, font des trous de mine ; l'outil que celui-ci tient de la main gauche, et sur lequel il frappe, s'appel la *barre à mine* ou *fleuret*, et le marteau dont il se sert est une *massette*. Le trou se creuse peu à peu ; de temps en temps on l'humecte, pour empêcher l'échauffement de l'acier et agglomérer les poussières, et on nettoie le trou avec la *curette*.

Quand le trou sera suffisamment profond, on va le sécher au moyen d'un chiffon passé dans

3.

l'œillet qui termine la partie supérieure de la curette, puis on y mettra une cartouche de poudre,
ou de dynamite, selon le cas. La première sera
enfoncée au moyen du *bourroir*, puis piquée avec

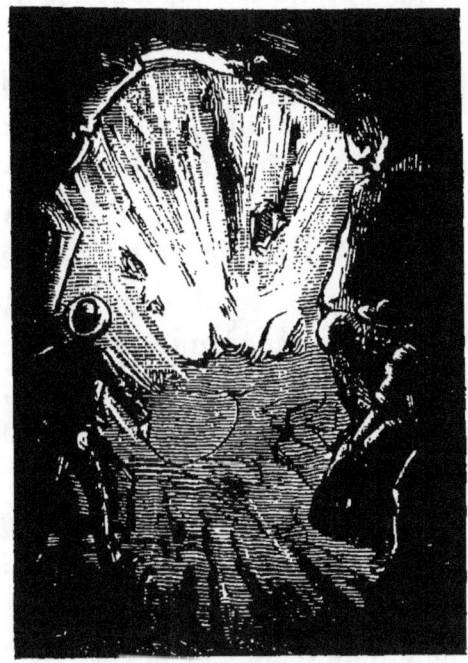

Un coup de mine.

l'*épinglette*. Dans le canal produit par le passage
de ce dernier outil, on dispose une série de petits
tuyaux ou *cannettes*, en paille ou en papier, enduits de poudre et terminés par une mèche soufrée,
à laquelle on met le feu. A ce moment tous les

hommes se sauvent au plus vite et quelques instants
après, la mine fait explosion, brisant les roches dont
les éclats sont projetés au loin.

Inutile de vous dire que, malgré toutes ces
précautions, les accidents sont fréquents et comme
toujours, souvent dus à l'imprudence des mineurs,
quelquefois à des hasards malheureux.

La mine même où nous sommes faillit être un
jour le théâtre d'un affreux malheur qui ne fut
évité que grâce au courage et au sang-froid d'un
ouvrier : On creusait le puits où tout à l'heure je
vous montrerai les échelles ; les ouvriers avaient
mis le feu à la mine et fait le signal pour que l'on
remontât la benne dans laquelle ils étaient. Au départ, le cheval qui tournait le manège, remplacé
maintenant par une machine à vapeur, s'embarrasse
les jambes dans ses traits. Les mineurs appellent,
pas de réponse. Comprenant le danger qui les menace tous, l'un d'eux saute bravement à bas de la
benne, et arrache la mèche soufrée.

Revenons maintenant à l'extraction du charbon.

Nous avons vu arracher la houille du filon ;
aussitôt qu'elle est sur le sol, les *porteurs* la sortent de la couche et la *transportent* dans les wagonnets que vous avez rencontrés dans toutes les
galeries que nous avons parcourues, et que les
traîneurs poussent jusqu'à l'ouverture de la galerie
débouchant sur le puits, lorsqu'ils ne sont pas
traînés par des chevaux.

Autrefois, ce travail était fait à dos d'hommes, et était des plus pénibles ; on appelait ces ouvriers des *sorteurs* : pieds nus, s'appuyant sur un bâton, ils devaient, dans leur journée, remonter à dos un certain nombre de *faix*, par la *fendue*, puits incliné qui va déboucher à la surface. Dans les mines de Provence, ces sorteurs s'appellent des *mendits*.

Putters : enfants traînant un wagonnet.

C'était une tâche épouvantable qui a été supprimée depuis longtemps ; mais, que dire des procédés barbares employés en Angleterre et en Belgique et qui étaient encore en vigueur il y a quelques années ?

Des petits garçons, appelés *putters* en Angleterre et *hiercheurs* en Belgique, traînaient dans des galeries très basses et fort étroites, ayant à peine un

Hiercheuses : femmes employées, en Belgique, au transport du charbon.

mètre de haut, des wagons par une chaîne de fer fixée à une ceinture de cuir et marchaient à quatre pattes. On employait aussi des femmes à ce rude ouvrage.

En Écosse, c'était bien pire encore : des petites filles portaient sur le dos une hotte pleine de charbon, retenue par une courroie passant sur leur tête ; quand elles étaient chargées, elles remontaient, par les échelles, jusqu'à l'orifice du puits, souvent plus de cent mètres ! Si une courroie se brisait, si un des blocs de houille que les mineurs ajoutaient à la charge, en les entassant autour du cou des pauvres enfants, venait à tomber, il pouvait blesser ou tuer net une des malheureuses petites, car elles gravissaient les échelles plusieurs à la fois, à la suite les unes des autres.

Dans les couches de grande puissance on employait autrefois une méthode non moins barbare que celles qui viennent d'être décrites ; elle a été longtemps de mode, mais pour l'abatage, et non pour le transport de la houille. C'est dans les mines de Commentry, du Creusot, d'Épinac, de Blanzy, etc., qu'on l'a surtout mise en pratique en France jusqu'à ces dernières années. On l'appelait la méthode *par l'éboulement*, ce qui indique nettement en quoi elle consiste. Les mineurs, armés de pics emmanchés dans de longues perches, faisaient tomber de grosses masses de charbon au-dessus de leur tête, au risque d'être écrasés. Et comme il

fallait soutenir les vides gigantesques qui se pro-
duisaient, des massifs entiers étaient abandonnés
dans la mine pour servir d'étais ou de piliers, et
les deux tiers de la houille restaient improductifs.
C'était un vrai gaspillage. Il fallait fuir, devant
l'éboulement qui s'annonçait souvent formidable, et
une grande partie du charbon abattu était encore
laissé dans la mine ; mais le plus grand désavan-
tage de cette façon d'agir était surtout de provoquer les incendies dans les chantiers, par suite de
la décomposition chimique des charbons menus,
chargés de gaz, et de l'échauffement qui en résul-
tait. D'immenses crevasses se formaient et des
affaissements énormes qui se propagaient jusqu'à
la surface du sol, on suivait par le mouvement du
terrain au dehors, la marche des excavations au
dedans. Les édifices se fendillaient, s'écroulaient
même, les eaux pénétraient dans l'intérieur de la
mine, et tout cela par suite de vides qu'on ne prenait nuls soins de remblayer.

Dans la plupart des houillères, cette méthode
d'abattage portait le nom expressif de *foudroyage*,
qui en explique très bien les effets.

Il faut aujourd'hui produire la houille au plus
bas prix possible, il faut résister à toutes les con-
currences ; on ne laisse plus rien dans la taille
parce que l'on pressent déjà un épuisement. On a
enfin reconnu l'utilité de travaux sagement amé-
nagés et bien entretenus, sans lesquels il n'y a ni

sécurité ni fructueuse exploitation; toutes ces raisons ont conduit peu à peu les houilleurs à la méthode dite par remblais. Cette méthode, appliquée
à peu près partout, consiste à remblayer soigneusement les vides qu'occupait la houille ; on rem-
place par de la pierre le combustible que l'on a
enlevé. Le plus grand souci des exploiteurs de
houilles est de ne pas laisser dans la mine un atome
de charbon.

Outils des mineurs.

CHAPITRE V

L'aérage. — Les pompes. — Les échelles mobiles. — La voie dangereuse. — Hier et aujourd'hui. — Retour sur la terre.

Comme nous approchions du bout d'une galerie, Charles s'écria :|

— Le puits !

— Oui, mes enfants, un puits ; mais ce n'est pas celui par lequel nous sommes descendus.

— Quel courant d'air !

— C'est que nous sommes auprès du puits d'aérage. Penchez-vous un peu, et regardez en l'air, vous ne verrez pas le jour ; l'orifice du puits est obstrué ; en somme, mes amis, ce puits n'est qu'un gigantesque corps de pompe dont le balancier est mû par une machine à vapeur placée là-haut sur la terre.

— Et pourquoi cette pompe à air? demandai-je à M. Laurent.

— Pour renouveler sans cesse l'air qui circule

dans les galeries et que les émanations de gaz
acide carbonique ne tarderaient pas à vicier au
point de le rendre mortel.

L'acide carbonique, mes amis, vous le connaissez, dans ses effets, du moins ; c'est lui qui fait
pétiller l'eau de Seltz, fermenter la bière, mousser
le champagne ; malgré ces apparences séduisantes,
l'acide carbonique est un gaz lourd, circulant difficilement ; beaucoup plus pesant que l'air, il tend
à s'accumuler dans les parties profondes des
galeries et dans les excavations de la mine ;
or, vous savez quels sont ses effets : l'homme qui
pénètre dans la région occupée par l'acide
carbonique tombe asphyxié, sans vie. Si un
camarade se dévoue pour porter secours au malheureux, il tombe comme lui, et la mine compte
deux victimes ; la lumière elle-même s'éteint dans
cette atmosphère ; c'est donc une erreur de dire
que l'acide carbonique tue, il faudrait plutôt dire
qu'il laisse mourir, puisqu'il ne peut alimenter ni
la flamme, ni la vie. L'homme, la lampe s'y éteignent faute d'air respirable, faute d'*oxygène*. C'est
ce gaz qu'il faut déloger des endroits où il s'est
amassé et, pour cela, il faut de violents courants
d'air tels que seules peuvent en donner les machines comme celle qui fonctionne au-dessus de vos
têtes.

— Cette machine est assez puissante pour établir un courant d'air suffisant ?

— Si les galeries étaient droites, oui ; mais comme elles forment des circuits, de zigzags, il a fallu suppléer à l'insuffisance du tirage ; pour cela, on a pensé à échauffer fortement l'air du puits de tirage, afin de produire un appel plus énergique ; à ce propos, laissez-moi vous rappeler ce que nous disions tout à l'heure en parlant de la température de l'intérieur de la mine ; c'est sur cette chaleur même qu'est basé le système d'aérage que je vais vous montrer.

L'air chaud, vous le savez, est plus léger que l'air froid ; il tend à monter, l'air froid à descendre. C'est ce phénomène qui fait monter dans nos cheminées l'air échauffé par la combustion du foyer ; c'est ce que l'on nomme le *tirage*. Eh bien ! pour établir l'aérage de la mine, on utilise ce tirage : l'air chaud de l'intérieur monte à la surface par le puits, tandis que l'air froid descend ; mais pour obtenir ce résultat, il faut au moins deux puits ; on établit alors un courant d'air.

Cependant, il peut arriver des moments où la différence de température entre l'extérieur de la mine n'existe plus, ou même, soit renversée, l'été, par exemple ; et c'est le cas aujourd'hui.

Pour obvier à cet inconvénient, voici comment on procède :

Au fond du puits de tirage, à quelques mètres au-dessus de l'eau dormante du puisard, on suspend, par de fortes chaines, une grille en fer. et

l'on y entretient un véritable brasier de bois, de
coke ou même de houille; c'est ce qu'on appelle un
toque-feu.

Vous comprenez de reste ce que cette façon de
transformer les puits en cheminées peut avoir
d'incommode, surtout s'il n'y a qu'un puits et que,
à un moment donné, les ouvriers aient besoin de
descendre ou de monter par ce puits. Ici, nous
avons procédé autrement :

Au centre de cette galerie, nous avons fait
creuser un tronçon latéral où nous avons construit
un véritable foyer; vous voyez sa lueur d'ici; ce
brasier consomme environ 600 kilogr. de houille
par journée de 24 heures. Au-dessus du foyer,
nous avons percé un vaste conduit qui va déboucher à 20 mètres plus haut dans le puits d'aérage.

— Vous osez faire un feu pareil dans la mine,
monsieur, et vous ne permettrez pas à un ouvrier
de circuler avec une lumière, ou même d'allumer
une allumette? demandai-je à l'ingénieur.

— Votre objection est fort juste, mon ami;
mais nous l'avons prévue : l'air qui active ces
foyers de combustion ne vient pas de la mine; il
est alimenté par une série de conduits qui amènent
l'air directement du puits aux échelles.

La pompe à air n'est pas la seule qui existe
dans la mine; nous avons encore la pompe d'épuisement, destinée à enlever les eaux à mesure qu'elles
s'accumulent dans le puisard.

Les suintements continuels de la paroi des galeries sont dirigés, soit par des canaux creusés dans le sol, soit par ceux formés sous le plancher

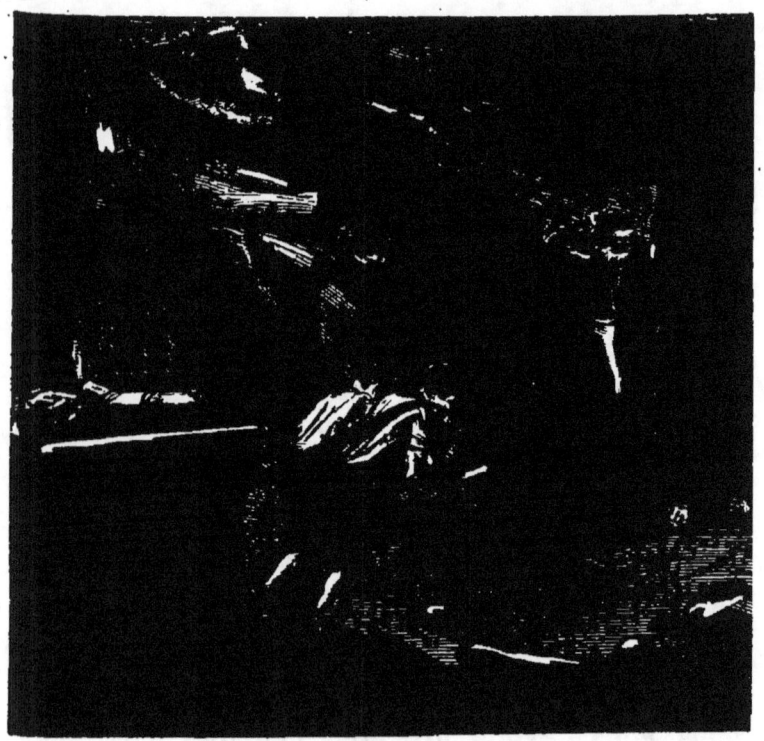

Une galerie en exploitation.

des souterrains ovales, dans une galerie *d'écoulement*, sorte d'égout collecteur, qui reçoit toutes ces eaux et les porte dans le puisard du puits *d'épuisement* ou *d'exhaure*. C'est là que la pompe vient les prendre pour les rejeter à la surface. Leur système est celui de la pompe aspirante ordinaire; mais avec des proportions colossales.

Dirigeons-nous, maintenant, vers le puits aux échelles.

M. Laurent prit les devants, marchant au milieu du dédale de galeries, tournant à droite, à gauche, sans hésiter, comme nous le faisons dans les rues d'une ville; puis il s'arrêta à l'extrémité du souterrain.

— Voilà le puits aux échelles, mes enfants; je vais, avant de vous expliquer leur mécanisme, vous dire pourquoi on a adopté ce système.

Imaginez-vous ce que c'est que de descendre et de remonter chaque jour deux cents, trois cents et même cinq cents mètres d'échelles. C'est d'abord une perte de temps considérable, une dépense de force absolument improductive et une cause de maladies graves pour les mineurs : ce ne sont pas seulement les jambes et les bras qui fatiguent, mais la poitrine qui souffre. Souvenez-vous ce qui vous est arrivé si vous êtes jamais monté à Paris sur les tours Notre-Dame, qui n'ont que 70 mètres, cependant; supposez que vous avez cinq ou sept fois cette hauteur à franchir, et non par un escalier, mais par une échelle.

Le mineur a terminé sa journée, il est brisé de fatigue ; eh bien! avant de prendre aucun repos, il faut qu'il remonte pendant *une heure!* Il a beau

Exploitation d'une mine à ciel ouvert.

s'arrêter sur chaque palier pour reprendre haleine, il doit se hâter, un autre le suit. Il sort du puits exténué. Pour une fois, cela peut passer, mais refaire journellement ce trajet, c'est trop pour un homme : à ce métier ses forces s'usent, il contracte par la pression du sang refoulé vers les poumons de graves maladies de poitrine. A 45 ans, c'est un vieillard.

C'est pour éviter cet inconvénient que l'on suivait la même voie que le charbon : on faisait descendre et monter les mineurs dans les bennes, et c'est encore, vous l'avez vu, ce que nous faisons aujourd'hui, mais sans danger, grâce aux perfectionnements que je vous ai indiqués. Autrefois, quand la benne n'était qu'une simple tonne fixée au bout du câble, ce mode de transport était des plus périlleux et l'on pouvait appeler le puits *la voie dangereuse*. Le câble pouvait se rompre, et les malheureux qu'elle contenait étaient précipités au fond du puits ; d'autres fois, au moment où la benne montante rencontrait la benne descendante elles se choquaient ; vous devinez l'effet produit ; et puis, même sans choc, il pouvait tomber de la benne montante un bloc de charbon sur les hommes contenus dans celle descendante, et les tuer net. Je veux vous en citer deux exemples.

A Saint-Étienne, autrefois, on attachait quelquefois deux bennes de charbon au câble, non pas toujours superposées, mais souvent l'une à côté de l'autre. Un jour qu'à la mine de Méans (dont je vous ai déjà parlé), où ce dernier système était en usage, l'ingénieur et le maître mineur descendirent ensemble, un choc violent eut lieu à la moitié du parcours par suite d'une rencontre. Les deux hommes se tenaient debout, la lampe d'une main, l'autre main passée autour des chaînes. Le choc décrocha leur benne et ils restèrent suspendus au câble. Comme les houilleurs, non prévenus, avaient chargé outre mesure les tonnes montantes, que la consigne ordonnait en pareil cas de laisser part'r à vide, de gros bloc de charbon se détachèrent dans le ballottement et tombèrent dans le puits. Par une chance inespérée, ni l'ingénieur ni le maître mineur ne furent atteints. Le sang-froid ne les abandonna pas un instant, et ils arrivèrent au terme de ce rude trajet toujours suspendus au câble, qu'ils serraient d'une main convulsive.

Le même ingénieur de Méans éprouva un autre accident qui n'eut pas plus de suites fâcheuses, mais qui, avec un homme moins courageux, eût pu se terminer de la façon la plus lamentable. Un jour qu'il montait par le puits, le machiniste, au départ, enleva trop vivement le câble. La benne fut renversée par la secousse, et l'ingénieur, suspendu par un pied, la tête en bas, fut hissé sur une hauteur de quarante mètres. L'alarme ayant été donnée, on put enfin arrêter la machine et porter secours au patient.

Les accidents étaient si fréquents et si souvent mortels, que le gouvernement défendit la descente par les bennes, et, dans beaucoup de mines, on dut creuser des puits inclinés; depuis l'invention de l'appareil par lequel nous sommes descendus, l'interdiction a été levée.

Tous ces inconvénients furent supprimés par l'invention de l'échelle que voici : c'est celle que les Allemands appellent *fahr-lrunst* et qu'en France nous nommons *échelles mobiles*. Voici son mécanisme, tel qu'il a été perfectionné par *Waroquière*, un ingénieur belge :

Ces deux tiges, que vous voyez, et qui règnent dans toute la hauteur du puits, sont mobiles; l'une descend de trois mètres, tandis que l'autre monte de la même hauteur. Le mineur se place sur la plate-forme de la tige qui va monter et y reste jusqu'à ce qu'il rencontre celle de la tige qui vient de descendre; il quitte la première pour passer sur la seconde, et le mouvement se produit en sens inverse, c'est-à-dire que le marchepied qu'il vient de quitter descend à son tour, tandis que celui sur lequel il vient de prendre place monte de trois mètres. Deux hommes peuvent monter à la fois, sans danger; mais cependant il faut avoir une certaine habitude et bien saisir le temps d'arrêt, de *une seconde*, pendant lequel les deux plates-formes sont à la même hauteur; ce qu'il y a de mieux à faire, si l'on manque le mouvement, est d'attendre une nouvelle pulsation de l'appareil ; c'est pourquoi, mes chers enfants, nous remonterons par le puits d'extraction en nous servant des cages.

Je n'ai pas besoin de vous dire que cette échelle mobile, maintenant immobile, est mue par la vapeur et par une machine spéciale ; elle est toujours prête à entrer en action ; elle fait de douze à quinze oscillations par minute.

Regagnons maintenant le puits par où nous allons remonter à la surface, en toute sûreté, grâce aux améliorations et aux progrès continuels apportés dans l'exploitation des mines. Quelle différence entre les procédés employés autrefois et comme les vieux mineurs trouvent des changements entre ceux d'hier et ceux d'aujourd'hui !

Il nous fallut encore, pour gagner le puits d'extraction, parcourir un dédale de galeries sillonnées par les rails et par les wagonnets chargés de houille : de temps en temps, dans le lointain, nous entendions une détonation sourde que l'écho nous apportait en ondes sonores : c'étaient des coups de mines.

Enfin, nous atteignîmes notre point de départ, et une cage se présentant vide, nous y prîmes tous place. Trois minutes après, nous arrivions à la surface, éblouis par la clarté du soleil, ayant peine à supporter la lumière du jour, un peu étourdis de notre course et de notre ascension, mais, au fond, ravis de notre retour sur la terre.

Nous fûmes bientôt débarrassés de nos costumes et réunis autour de M. Laurent

— Maintenant, mes chers amis, que vous connaissez le travail *du fond,* nous allons étudier celui d'en haut.

CHAPITRE VI

Les moteurs. — Le déchargement. — La salle de triage. —
Les expéditions.

— Voyons d'abord les moteurs qui actionnent
les cages d'extraction, les pompes à air, les pompes
d'épuisement et les échelles mobiles.

M. Laurent nous précéda dans le hall aux machines, situé à quelques mètres seulement de l'orifice du puits d'extraction. Nous traversâmes d'abord
les chaufferies : d'immenses foyers, bourrés de
charbon, chauffaient les bouilleurs remplis d'eau,
dont la vapeur habilement répartie dans les différentes pièces de la machine, la mettait en mouvement.

Nous gravîmes ensuite un petit escalier de fer
et du haut d'une plate-forme circulaire, nous domi-
nions tout l'appareil.

— Avant de vous décrire le mécanisme que
vous avez devant vous, sachez que, par une habile

disposition, ce seul moteur actionne, ensemble ou séparément, les divers appareils de la mine ; c'est une machine à double effet, c'est-à-dire, que la vapeur agit alternativement sur les deux faces du piston, et vous savez qu'en somme le piston peut être considéré comme le moteur principal. Suivez-moi bien, et si vous ne comprenez pas, arrêtez-moi.

La vapeur, en sortant de la chaudière, entre dans ce gros cylindre par deux tubes : un placé à la base, l'autre au sommet ; ils s'ouvrent et se ferment automatiquement dès que la machine est en marche. Quand elle entre par le tuyau du bas, elle force le piston à monter ; puis, le tuyau du haut s'ouvrant et donnant à son tour accès à la vapeur, celle-ci pénètre dans le cylindre et oblige le piston à redescendre. Ce mouvement de va-et-vient continu actionne le balancier qui bascule, comme vous le voyez, sur un pivot fixe ; à une de ces extrémités est une bielle qui agit sur la *manivelle* de ce gros arbre de couche et le fait tourner. En un mot, la bielle est la main qui met en mouvement l'arbre chargé de transmettre l'action à toutes les parties de la machine. Ce mouvement se transmet par des engrenages et des courroies, par oscillation, aux balanciers de la pompe d'épuisement, de la pompe à air, et des échelles mobiles, car le mouvement de va-et-vient des échelles mobiles n'est autre que celui des deux tiges d'une pompe à double piston.

TYPES DE MINEURS. — Boiseurs et porteurs.

La transmission de la rotation est plus simple encore : elle est produite directement par l'arbre de couche aux *bobines* sur lesquelles s'enroule le câble. Mais quand il s'agit de l'extraction, la machine doit pouvoir varier de vitesse à volonté, s'arrêter subitement, marcher en avant ou en arrière. Pour obtenir ce résultat, les deux bobines où s'enroulent les câbles sont directement fixées sur l'axe principal. Ainsi construite, la machine est extrêmement docile ; en agissant sur le mécanisme qui distribue la force motrice, le machiniste la gouverne avec la plus grande précision.

Retournons au puits d'extraction, et voyons l'arrivée de la houille.

Ce travail se faisait avec une simplicité excessive : la cage d'extraction à deux étages ; quand le compartiment du haut arrivait à hauteur de la plateforme, le wagonnet plein de houille était retiré et glissait sur deux rails ; un wagonnet vide venait le remplacer aussitôt. Même opération pour celui de la case inférieure.

— Vous voyez, mes amis, comme ce système est peu compliqué ; du temps, qui n'est pas très éloigné encore, où l'on se servait de bennes, le travail était beaucoup plus long et avait, en outre, l'inconvénient de faire tomber des blocs de houille dans le puits ; c'est pour cela, que l'on a placé ces trappes. Le système actuel a encore l'avantage de gagner du temps : nous sommes arrivés à extraire ainsi jusqu'à six cents tonnes de charbon par jour.

Mais, suivons le travail :

Cet homme qui reçoit les wagonnets et les marque d'un numéro, c'est le *receveur;* le wagonnet part, poussé par des ouvriers, et dans ce grand espace   vide ; on décharge les wagonnets et le travail du triage commence.

Au moyen de grands râteaux, dont les dents sont plus ou moins écartées, de tamis, de cribles de différents calibres, on réunit le charbon d'égale grosseur ; puis il est transporté dans les salles de mesurage et de pesage d'où il est enlevé pour être chargé sur des voitures qui le conduisent à la gare voisine ; le charbon menu, en poussière, est mis de côté pour être aggloméré en forme de briquettes.

— Ah! oui, comme celles que nous vues à la gare et dont M. le directeur nous a expliqué la fabrication, interrompit Meyer.

— Justement. Une certaine quantité est ainsi mise de côté et transportée à notre usine à gaz, où nous le transformons en coke, après en avoir retiré le gaz, l'ammoniaque et le goudron qu'il contient. Mais la visite de l'usine à gaz sera pour demain matin ; aujourd'hui, il nous reste encore beaucoup à voir. Nous allons déjeuner, d'abord, puis, je vous parlerai d'un sujet que je n'ai pas voulu traiter jusqu'ici, et ensuite, nous irons visiter les habitations des mineurs.

— Quel est ce sujet ? demanda Louis Tisserand.

4.

— Mes chers enfants, pendant que vous étiez dans la mine, j'ai craint de vous effrayer en vous parlant des dangers continuels que court le mineur pendant son travail souterrain ; mais sur la terre ferme, et quand nous nous serons reconfortés par un copieux repas, j'aborderai ce triste sujet ; je vous parlerai des quatre ennemis du mineur : le grisou, les éboulements, les inondations, les incendies, c'est-à-dire, de la lutte continuelle qu'il doit soutenir contre les quatre éléments : l'air, la terre, l'eau et le feu.

Maintenant, hâtons-nous d'aller déjeuner, il en est temps.

CHAPITRE VII

Le grisou. — Le pénitent. — L'asphyxie. — Les éboulements. — Les inondations. — Les incendies accidentels et spontanés.

Notre déjeuner terminé, M. Laurent nous emmena dans son jardin et nous conduisit tout au fond, sous une grande tonnelle couverte de vigne vierge, de clématite et de chèvrefeuille odorant ; il faisait très chaud, nous apprécions fort l'instant de repos que nous allions goûter, car nous étions tous assez fatigués de notre promenade dans la mine.

Quand chacun eut pris place, M. Laurent commença en ces termes :

— Ce matin, mes chers amis, vous avez vu le mineur à l'œuvre, et vous avez pu constater avec quel calme, quelle tranquillité il se livre à son travail. Qui pourrait croire, en voyant ces hommes insouciants, qu'ils sont sans cesse exposés au danger et que chacune de leurs descentes dans la mine peut être la dernière. Cette idée est une de celles qui m'affligent le plus, parce que la science reste impuissante à les écarter ; elle a pu diminuer les chances d'accidents, trouver des moyens d'en atténuer les conséquences ; mais c'est tout, et ce n'est pas assez quand on songe au nombre d'hommes qui périssent chaque année dans les mines.

Le plus grand et le plus terrible ennemi du mineur est le grisou.

Mais d'abord, qu'est-ce que le grisou ?

Le grisou est un gaz qui se dégage naturellement de la houille ; il est semblable au gaz d'éclairage, que nous extrayons du charbon en le cuisant. Seul, il brûle ; mélangé avec l'air, il fait explosion. Le grisou suinte, pour ainsi dire, des fissures de la houille ; alors, au contact du feu, il crépite, comme du sel jeté sur des charbons ardents. Quelquefois, un coup de pic, dans la roche, crève une anfractuosité qui recèle une quantité considérable de grisou, et que les mineurs appellent un *soufflard ;* il sort alors en abondance et comme il est plus léger que l'air, il s'accumule à la partie supérieure de la galerie ; mais si l'atmosphère est agitée par une ventilation active, il se mélange avec l'air et devient dangereux ; l'étincelle produite par un coup de pic sur la pierre suffit pour l'enflammer.

Avant la belle découverte de Davy, on employait différents moyens pour se débarrasser du grisou ; le plus commun consistait à brûler le gaz tandis qu'il était encore accumulé au sommet de la voûte ; c'est un homme qui était chargé de cette dangereuse besogne, et on l'appelait le *pénitent* à cause de son costume qui rappelait la lugubre cagoule des pénitents des processions.

Le corps enfermé dans un vêtement de cuir mouillé, la tête couverte d'une capuce, il allait rampant sur le sol. Il respirait dans les basses couches où l'air était pur et, de sa main droite, poussait en l'élevant en l'air une torche allumée. Lorsque le grisou se trouvait répandu dans l'air de manière à être détonant, l'explosion se produisait au dessus de sa tête sans lui être funeste ; en renouvelant souvent cette opération, on parvenait à prévenir les catastrophes. Quelquefois, le pénitent, frappé d'un coup de grisou, était tué sur place.

Malgré ces précautions, bien insuffisantes du reste, les explosions étaient fréquentes et leurs conséquences terribles. — Imaginez-vous une secousse épouvantable, accompagnée de torrents de feu, les étais des galeries arrachés, les débris lancés avec une violence extrême, et sous le coup de la commotion des éboulements énormes se produisant dans une mine où travaillaient deux cents, trois cents ouvriers !

La lampe de Davy a, comme je vous l'ai dit, supprimé presque tout danger pour les mineurs.

— On entend cependant parler encore d'ex-

plosions dans les mines, fit observer Charles
Meyer.

— Oui, mais elles sont relativement rares et
accidentelles, et dues surtout, faut-il l'avouer, à
l'imprudence des mineurs : ceux-ci, inconscients
du danger, soit par insouciance, soit par igno-
rance, ouvrent leur lampe, pour y voir plus clair
ou même, — c'est à peine croyable, — pour s'amu-
ser à voir *brûler le grisou.* D'autres, ne peuvent
résister, malgré la défense expresse, au désir de
fumer; en allumant leur pipe, en cachette, dans
un coin, ils mettent le feu au grisou et leur fatale
imprudence coûte souvent la vie à plusieurs de
leurs camarades.

Les mineurs, mes chers amis, sont un peu
comme les enfants : ils ne veulent pas comprendre
que c'est dans l'intérêt commun qu'on leur fait
certaines défenses et ils considèrent les précautions
imposées comme des vexations inventées à plaisir
pour les tracasser. Si les accidents qui pourraient,
en somme, ne pas avoir de conséquences très
graves, se transforment quelquefois en catastrophes, c'est aux mineurs qu'il faut s'en prendre, le
plus souvent; leur imprudence est le danger constant contre lequel il faut que nous luttions sans
cesse; sans elle, et grâce aux progrès de la science,
qui, je vous le disais, est parfois impuissante, les
accidents seraient plus rares et surtout leurs conséquences moins fatales. S'il voulait toujours nous

écouter, le mineur est armé : aux éboulements, il oppose les murailles savamment établies ; au grisou la lampe Davy ; aux incendies, des barrages qui limitent le feu ; aux inondations, des barrages solides ; aux gaz pernicieux, les ventilateurs les plus variés ; mais, encore une fois, on dirait que le mineur s'amuse à braver le danger.

Je veux prendre entre mille le récit d'un épouvantable accident dont une mine, voisine de celle que nous venons de visiter, fut le théâtre :

Le maître mineur et trois hommes venaient de descendre dans la mine ; c'était la nuit. Tout à coup, une effroyable détonation retentit. La maçonnerie entourant la margelle du puits faite de grosses pierres de taille, la charpente supportant les poulies, tout est projeté au loin, jusqu'à cent mètres de l'orifice. Les bennes elles-mêmes et les câbles ont été remontés du fond par l'ouragan dévastateur et lancés dans l'espace. L'ingénieur arrive effrayé ; il croit à une explosion du feu grisou ! Un sauvetage est promptement organisé. On descend dans la *fendue*, mais les lampes s'éteignent dans les galeries ; la mine est pleine de fumée, de mauvais air. Les sauveteurs tombent asphyxiés, deux sont morts.

On établit une ambulance à l'entrée de la mine, et l'on redescend. Les houilleurs, quand il faut arracher des camarades au péril, se sacrifieraient jusqu'au dernier. On cherche toute la nuit, à tâtons, car les lampes n'éclairent pas. A dix heures du matin on n'a encore retiré aucune des victimes. Nombre de sauveteurs remplissent l'ambulance. Une foule inquiète, les familles des mineurs, se pressent à l'orifice de la mine. Une femme se fait remarquer par l'expression de sa vive douleur; elle est jeune, belle; elle porte un enfant dans ses bras; de grosses larmes tombent de ses yeux. C'est la femme du maître mineur. Elle demande comme une faveur suprême d'entrer dans la mine pour retrouver son mari; mais il n'est permis à aucune femme d'y pénétrer.

Elle attend anxieuse au dehors.

Cependant on retourne dans l'intérieur. Les boisages détruits, les éboulements de charbon, forment le plus désolant spectacle. De temps à autre on entend tomber encore des blocs de houille, qui se détachent des parois. Les charpentiers qui réparaient les étais ont été écrasés. A l'écurie, on trouve tous les chevaux asphyxiés (il y en avait six), et le palefrenier mort avec eux, couché dans la paille, semblait dormir; le foin, incendié, brûlant encore. On découvre enfin un des hommes descendus avec le maître mineur : il est vivant ! Emporté par l'ouragan au fond d'une galerie, il avait été horriblement brûlé, presque aveuglé. Les éboulements lui fermaient la retraite, il n'avait pas de lumière, et n'avait pas bougé. N'entendant plus aucun bruit depuis quinze heures, n'espérant plus revoir le jour, il attendait la mort patiemment. Il se consolait en songeant, ce sont ses propres expressions, « que sa femme et son enfant seraient pensionnés par la caisse de secours de la mine ».

Après ce premier sauvetage, un autre ouvrier est bientôt retrouvé, presque enseveli sous des décombres, mais vivant aussi, il avait été, comme ses camarades, entraîné au loin par l'explosion, roulé par terre. Il avait vu passer sur lui *un fleuve de feu*, et, pour se garantir, s'était appliqué les mains sur les yeux. Elles étaient affreusement meurtries et il était devenu aveugle !

A sept heures du soir on découvrit enfin le maître mineur et le troisième ouvrier, défigurés, carbonisés, à une grande distance l'un de l'autre. Leurs chapeaux, leurs lampes avaient été le jouet du tourbillon.

Longtemps cette mémorable catastrophe inspira une sorte de terreur superstitieuse aux mineurs du pays. On ne descendit plus dans les chantiers sans les lampes de sûreté, sans implorer la protection divine et se recommander à sainte Barbe, la patronne des mineurs, dont la statue fut solennellement installée à l'entrée de la principale galerie.

La femme du maître mineur devint folle de désespoir.

Sa folie fut douce comme elle : elle allait errant par les villages, demandant aux passants le chemin d'un pays lointain où elle devait retrouver le père de ses enfants. Trois mois elle vécut ainsi, puis, un jour, elle mourut. Son souvenir s'est conservé dans le pays comme celui d'un type légendaire, et si vous allez à Saint-Étienne, les vieux houilleurs vous raconteront l'histoire de Marie, la femme du maître mineur de Méans.

Faut-il ajouter d'autres narrations à celle-là? Faut-il donner d'autres exemples? On en trouve partout. Chaque houillère a été frappée à son tour, et c'est toujours le même spectacle affligeant. Dans le bassin de la Loire, il y a seize ans, j'ai été témoin de quelques-uns de ces désastres, où pas une victime n'a échappé, où l'explosion s'est fait entendre jusqu'à la surface, et y a jeté l'épouvante; mais je puis citer d'autres faits plus terribles :

En 1861, dans une des houillères de Merthy-Tydvil (pays de Galles), une explosion causa la mort de quarante-sept mineurs. En décembre 1865, le gaz s'enflamme de nouveau dans ces souterrains : quarante ouvriers y sont occupés, trente-deux sont tués sur le coup. Parmi ceux qui travaillent aux chantiers voisins, vingt-deux sont dangereusement blessés par la répercussion du choc.

Seuls entre les huit ouvriers échappés à la mort sur le point où avait commencé l'accident, les deux

TYPES DE MINEURS. — Mineurs se préparant à forer une mine.

frères John et Thomas Hall purent donner quelques détails. L'aîné, John, était occupé à l'une des extrémités du chantier, quand un commencement d'explosion se fit entendre. Il se précipita vers son frère qui travaillait à quelque distance, mais un second coup plus terrible que le premier les atteignit et les renversa tous deux. Ils reprirent peu à peu connaissance et parvinrent à se relever. L'air était lourd, brûlant ; ils ne respiraient qu'avec peine. John, se rappelant qu'il avait son bidon de thé, en lava le visage de son frère et le sien.

Ces ablutions ranimèrent peu à peu les deux mineurs ; se soutenant l'un l'autre, ils essayèrent de gagner l'entrée de la mine. Ils allaient à tâtons au milieu de l'obscurité, marchant sur le corps de leurs camarades dont quelques-uns poussaient des cris plaintifs, déchirants ; tandis que tous les autres étaient silencieux, déjà glacés par la mort. Après mille difficultés, ces deux hommes parvinrent à revoir la lumière et donnèrent l'alarme au dehors. On descendit dans la mine, et à la lueur des lampes un spectacle navrant s'offrit aux regards : trente-huit corps gisant à terre, six respirant encore, les autres insensibles, sans vie. Dans les galeries voisines, vingt-deux ouvriers grièvement atteints. On sortit les blessés et les morts péniblement, lentement, comme on peut faire dans une mine. A l'orifice du puits, ce fut alors le désolant tableau qui se présente toujours en pareil cas : des femmes, des vieillards, des enfants éplorés, cherchant un mari, un fils, un père. Quelle joie pour ceux qui revoyaient les leurs en vie, bien que blessés; quelle douleur pour ceux qui ne retrouvaient plus qu'un cadavre, quand ils pouvaient encore le reconnaître !

Le grisou n'est pas le seul gaz délétère qu'on rencontre dans les houillères; il y a encore le gaz acide carbonique, dont je vous ai parlé, et l'oxyde de carbone qui se dégage de la houille; c'est ce que les mineurs appellent le mauvais air ou *moffette*. Souvent, un ouvrier pénètre dans un réduit de la mine saturé de moffette et tombe asphyxié; malheur à lui si on ne s'aperçoit pas immédiatement de sa disparition, il est perdu.

Pour secourir la victime, on a inventé des appareils spéciaux; celui que l'on emploie de préférence est l'appareil Rouquayrol. Le sauveteur porte sur son dos une boîte de tôle épaisse pouvant résister à une forte pression; on y emmagasine de l'air. De la partie supérieure de la boîte, part un tuyau de caoutchouc terminé par une rondelle de métal que le mineur met dans sa bouche et qui s'applique hermétiquement sur les dents; il est muni de deux soupapes, l'une qui s'ouvre pour amener l'air dans les poumons, et l'autre qui sert à renvoyer au dehors l'air respiré. Les narines sont fortement comprimées par une pince à ressort.

Ainsi protégé, le mineur peut braver pendant

un certain temps l'air empoisonné, et maints sau-
vetages sont opérés de la sorte.

Si la distance à parcourir doit être longue, le
sauveteur emporte des boîtes d'air de rechange.

Quand on parle de travail souterrain, la première crainte qui se présente à l'esprit est celle
des éboulements ; vous avez vu les ingénieux
moyens employés tant dans les puits que dans les
galeries pour les prévenir ; ces moyens sont parfois
insuffisants et cèdent à l'énorme poussée du
terrain.

Malheur aux ouvriers s'ils ne fuient pas à
temps : ils sont broyés sous les amas de déblais,
brisés par les poutres des boisages, étouffés sous
les masses de terre.

Il en est cependant qui en sont sortis vivants,
témoin le brave houilleur Cochet de la mine du
Creusot. Surpris en 1864 dans un éboulis de charbon, il a la force d'appeler au secours ; son camarade, un moment éloigné, arrive, donne l'alarme ;
les moyens de sauvetage les mieux combinés sont
immédiatement mis en œuvre. On use de précautions infinies pour assurer la réussite ; une partie
du charbon ayant été enlevée autour du patient,
on apercevait la tête et une main. Cochet était sous
un amas de bois brisés, renversé sur le sol de la
galerie, couché sur le flanc droit, les jambes
repliées sous lui, tout mouvement était impossible,
mais la poitrine heureusement n'était pas com-

primée. On envoie de l'air dans l'éboulement au moyen d'un ventilateur et d'un tube; on scie les rails, les traverses de la galerie, les étais au milieu desquels le houilleur se trouve engagé. Puis on fouille la galerie pour le rejoindre par dessous; on délivre d'abord les jambes. Quant à lui, il ne perd pas courage, il a tout son sang-froid et donne même aux sauveteurs plus d'une indication utile. Enfin, après six heures d'atroces souffrances, il est littéralement extrait de ce tombeau où il allait être enterré vivant. Tous les ouvriers avaient rivalisé d'ardeur et d'habileté pour arracher leur camarade à la mort. Jamais, dans des cas pareils, le zèle et l'énergie ne font défaut au mineur, et jamais il ne manque à ces sentiments d'étroite confraternité, qui doivent lier entre eux tous les ouvriers qu'un même péril menace.

Le danger des inondations souterraines est aussi redoutable que celui des éboulements. A l'élément liquide qui fait de tous côtés irruption, le houilleur oppose des digues en bois ou en métal, des pompes gigantesques et des tunnels qu'il transforme en canaux, tirant ainsi profit du mal lui-même. L'eau s'accumule dans la mine en amas, en bassin, en véritables lacs. Il la contient par des *bâtardeaux* construits en ciment, en argile ; par des *serrements* en bois, dont les diverses pièces sont géométriquement assemblées comme les pierres d'un mur ou d'une voûte.

Dans les puits, nous avons vu s'élever des maçonneries non moins savamment établies, et cependant la pression de l'eau peut arriver à rompre tous ces obstacles. Un vieux houilleur anglais qui croyait que la terre était animée, comparait les veines d'eau qu'on rencontre dans les mines, aux veines et aux artères du corps. « Quand l'eau fait irruption dans nos chantiers, disait-il, c'est le terrain qui se venge, parce qu'on lui a coupé une artère. »

Les inondations peuvent arrêter l'exploitation de la houille. En 1838, les mines où nous sommes furent sur le point d'être à jamais perdues. Les travaux avaient été conduits assez mal sur toutes les concessions, car on n'avait pas alors les mêmes ressources qu'aujourd'hui pour prévenir le danger. De vieilles excavations, datant de plusieurs siècles, avaient détourné dans l'intérieur une partie des eaux de la surface ; le Gier lui-même y était descendu. Les concessionnaires dont presque toutes les mines communiquaient au moins géologiquement ne pouvaient arriver à s'entendre et il fallut qu'une loi intervînt pour les réunir en une espèce de syndicat et les sortir de péril.

Ici l'accès de l'eau était connu et l'on savait comment le combattre, mais il est des inondations souterraines dont la cause est pour ainsi dire imprévue. Les eaux du ciel éclatant comme une trombe à la surface, gonflant les ravins, les torrents, pénè-

trent quelquefois dans la mine par l'entrée des
galeries, par les fissures du sol et la ravagent. Un
fleuve entier fait irruption dans les travaux; les
ouvriers, les chevaux sont emportés, noyés.

L'envahissement des eaux provenant de
vieilles excavations est la plus à craindre; le liquide
s'amasse dans les galeries abandonnées, et un jour
un coup de pic imprudent vient lui livrer passage,
parce qu'on a négligé de prendre les précautions
indispensables, c'est-à-dire de sonder le terrain
avant de l'attaquer.

Il y a quelques années, dans une mine du
bassin houiller où nous sommes, on marchait vers
de vieux travaux; on n'avait pris aucune précaution.
Les mineurs fonçaient leur galerie, insouciants.

Tout à coup, les eaux rompent la paroi amin-
cie qui les sépare encore des ouvriers et se déchaî-
nent comme une avalanche. Les hommes épou-
vantés s'enfuient. Une galerie montante s'offre sur
leur passage; ils s'y réfugient; mais cette galerie
n'a pas d'issue et l'eau s'élève jusqu'à eux. Au
dehors, on veut les secourir. Que faire? comment
les sauver? où sont-ils? N'ont-ils pas été asphyxiés,
noyés? Mais on n'hésita pas ! On fit ce qu'en pareil
cas l'humanité conseillait de faire ! On supposa les
hommes vivants, et l'on se mit résolument en
devoir de les retrouver ; on tâtonna d'abord, puis
on devina où ils pouvaient être. Les plans de la
mine bien tenus, donnaient les projections hori-

5

zontales et verticales des travaux, ce qu'en géomé-
trie descriptive on appelle le plan et la coupe. Par
le plan on connaissait la position exacte, dans le
dédale de la mine, du chantier où travaillaient les
mineurs et par suite du refuge qu'ils pouvaient
avoir choisi.

La coupe faisait connaître à son tour la distance
verticale qui séparait ce point de la surface, et par
conséquent le degré d'inclinaison entre un endroit
donné et le lieu du refuge. Sur cette pente, on
fonça une galerie dirigée vers le point supposé.

— Si les mineurs étaient là! se demandait-on.

Des coups de pics frappés contre le roc en
manière d'appel restèrent d'abord sans réponse,
puis on entendit comme une faible réplique à ces
coups répétés. On sait que les roches transmettent
fort bien les sons sur une très grande étendue, et
les Indiens de l'Amérique ne l'ignorent pas, eux
qui, l'oreille appuyée contre la terre, entendent
le cavalier venir de si loin.

— Allons, enfants, courage, et que la galerie
s'avance! s'écrie l'ingénieur.

Bientôt les sons se transmettent plus distincts;
il n'est plus besoin de frapper du pic pour s'appeler.
On entend même le bruit de la voix. Vite la sonde!
Dieu soit loué! Les houilleurs sont là, tous en vie.
On communique avec eux; on leur demande ce
qu'ils désirent. « Avant tout de la lumière, » répon-
dent-ils, et il y a plusieurs jours qu'ils n'ont mangé!

On leur passe des lampes. On leur verse ensuite du bouillon le long d'un tube de fer-blanc engagé dans le trou de sonde. Enfin le dernier coup de pic est donné, les victimes sont hors de péril, les prisonniers revoient la lumière. Que n'ont-ils pas souffert dans ces longs jours d'attente! Ils ont mangé leurs chandelles, ils ont dévoré leurs courroies. Et cependant l'obscurité qui se prolonge est tellement sinistre qu'ils ont demandé de la lumière avant de demander du pain.

Malgré les dangers que ces catastrophes présentent, on peut dire que le plus terrible ennemi du mineur est le feu. Outre les incendies qui peuvent naître par suite d'explosion de grisou ou de mise du feu aux mines, des incendies spontanés s'allument quelquefois dans les houillères. Quand des houilles menues sont laissées sur le sol de la mine, elles fermentent, surtout dans une atmosphère humide et chaude. Bientôt le charbon s'enflamme et l'incendie, trouvant là un aliment naturel, se propage sur une grande étendue.

A ce fléau, on oppose des barrages en argiles, appelés *corrois*, qui limitent le feu; si la construction en est faite soigneusement, peu à peu, l'incendie s'éteint; mais s'il y a la moindre fissure, le moindre courant d'air, le désastre est irrémédiable : le charbon se consume et se change en coke et le feu ne s'éteint que faute d'aliment.

. Il y a en France plusieurs houillères qui brûlent

depuis des années et non loin d'ici, près de Saint-Étienne, celle qu'on appelle le *Brûlé* est allumée depuis un temps immémorial. A la surface, le sol est stérile, calciné et des vapeurs chaudes s'en échappent. On cite encore celles de Decazeville dans l'Aveyron et de Commentry dans l'Allier. Il en est de même en Belgique, en Angleterre, en Allemagne et dans tous les pays houillers.

Mais, mes chers enfants, nous nous sommes, il me semble, assez appesantis sur ce triste sujet. Maintenant que vous connaissez les travaux du mineur et les dangers qu'il court, nous allons, si vous le voulez bien, jeter un rapide coup d'œil sur sa vie en dehors de la mine.

CHAPITRE VIII

Le mineur; ses qualités; ses défauts. — Les habitations. —
Le jardin. — La famille. — L'école. — L'hôpital. — Vie
quotidienne. — Le dimanche. — Caisses de secours et caisses
de retraite. — Salaires. — L'armée des mineurs. — La
production des mines. — Quand n'y aura-t-il plus de houille?

Nous étions sortis de la maison de M. Laurent,
et nous nous dirigions vers un groupe de maison-
nettes placées un peu comme au hasard, non loin
de la mine. Chemin faisant M. Laurent nous dit :

— On a souvent comparé le mineur au marin ;
quelque singulière que puisse paraître cette com-
paraison, elle est juste par plus d'un côté. Comme
le marin, le mineur vit entouré de périls de toutes
sortes ; sa vie est une lutte perpétuelle contre les
éléments, dans laquelle il a puisé une énergie à
toute épreuve et un profond mépris pour le danger,
mépris qui va parfois jusqu'à la témérité et à
l'imprudence.

Fort et vigoureux, il est en général calme et

patient. La discipline de la mine le rend exact, obéissant ; son intelligence est sans cesse en jeu, dans la poursuite de son travail, et elle est d'ordinaire très développée. Il est sobre, et l'intempérance est rare chez cette classe de travailleurs. S'il fréquente le cabaret, c'est les jours de paye seulement, c'est-à-dire, chaque quinzaine ou chaque mois ; quelquefois le dimanche, et enfin, le jour de la Sainte-Barbe, qui est la patronne des mineurs comme elle est celle des artilleurs et des marins.

Aux qualités que je vous ai énumérées, le mineur en ajoute une autre, qui est presque une vertu : le dévouement. Qu'une catastrophe se produise dans une mine ; que des malheureux soient ensevelis vivants au fond d'une galerie ou de quelque excavation ; il faut voir avec quelle ardeur tous ces hommes se mettent à l'ouvrage, travaillent sans repos ni trêve au sauvetage des camarades, risquent vingt fois leur vie pour sauver celle d'un autre ; dans ces moments d'activité fiévreuse et de dévouements téméraires, des travaux qui demanderaient un mois en temps ordinaire, sont exécutés en trois ou quatre jours, et souvent, grâce à ce travail sans relâche, des mineurs dont la position semblait désespérée sont retirés vivants.

Quand le sauvetage est opéré, ces braves gens ne se disent même pas merci, mais : à charge de revanche.

Malheureusement, cet être bon est trop crédule ;

TYPE DE MINEUR. — Piqueur.

il écoute volontiers les gens qui viennent lui dire qu'il est un martyre ; que les compagnies le rançonnent et l'exploitent ; il se laisse monter la tête, en un mot ; alors, il se met en grève ; mais seulement quand il y est poussé, et jamais les meneurs de ces mouvements ne sont des mineurs ; ce sont toujours des étrangers à nos populations houillères, et souvent même au pays.

Mais, je m'oublie en parlant de ces braves ouvriers au milieu desquels je vis depuis si longtemps et que j'aime tant ; nous voici au milieu de leurs habitations.

Nous étions arrivés dans une large rue, ou plutôt une vaste avenue plantée d'arbres ; de chaque côté s'élevaient, séparées l'une de l'autre, de petites maisons d'un étage, en briques, couvertes de tuiles rouges, à l'aspect propre et soigné. Sur le devant des portes, des enfants frais et joufflus jouaient en criant et, par les portes entr'ouvertes, nous voyons les ménagères affairées.

Au centre de l'avenue, sur une espèce de place, deux grands bâtiments également en briques.

— Voici les maisons des mineurs, mes amis ; c'est là que ces braves gens viennent se reposer des fatigues de leur travail ; elles nous appartiennent toutes, et nous les louons aux ouvriers. Chacune de ces maisons vaut, terrain compris, environ deux mille francs ; nous fixons le prix de la location à raison de 5 0/0 du capital dépensé par la

Compagnie pour la construction de l'immeuble.

Entrons dans celle-ci : c'est la demeure du contremaître, du gouverneur qui nous a accompagnés pendant notre promenade dans la mine.

Dès que nous approchâmes, une jeune femme, portant un enfant dans ses bras, et suivie de deux autres qui se pendaient à ses jupons, effrayés de voir tant de monde, vint au devant de nous.

— Bonjour, monsieur l'ingénieur, dit-elle à M. Laurent.

— Bonjour, madame Livois ; comment vont les enfants ?

— Comme vous voyez, monsieur.

— Voulez-vous nous permettre d'entrer dans votre maison ?

— Comment donc, monsieur l'ingénieur ; mais certainement.

Une grande pièce, servant de salle à manger et de cuisine occupait tout le rez-de-chaussée ; au premier, où l'on arrivait par un escalier intérieur, trois pièces assez vastes et bien aérées. Toutes ces chambres étaient non seulement fort proprement tenues, mais encore, il y régnait une sorte de confortable.

— Vous ne sauriez croire, nous dit M. Laurent en redescendant, comme les mineurs aiment leur intérieur, quel soin ils mettent à l'entretenir, et presque à l'orner ; ils veulent être absolument chez eux, indépendants, et malgré les nombreux essais

5.

tentés dans plusieurs mines, on n'a pu arriver à leur faire accepter les cités ouvrières comme celles établies à Mulhouse ; nous avons même dû séparer les maisons les unes des autres.

Voici le jardin ; chaque maison en possède un semblable que le mineur aime à cultiver dans ses moments perdus.

Celui que nous avions devant nous, quoique petit, était parfaitement entretenu : à côté de plans de légumes, poussaient de jolis rosiers couverts de fleurs, et des plantes grimpantes qui tapissaient les murs de la maison.

M. Laurent remercia Mme Livois de son aimable accueil, et nous reprîmes notre promenade.

— Beaucoup de nos mineurs sont propriétaires des maisons qu'ils habitent ; nous les leur vendons volontiers, au prix coûtant et payables par une faible retenue sur leur salaire ; c'est pour nous un excellent moyen de nous les attacher et de les retenir à la mine.

Nous étions arrivés sur la place.

— Ces deux grands bâtiments sont l'école et l'hôpital, tous deux entretenus aux frais de la Compagnie. L'instruction que nous faisons donner aux enfants est toute professionnelle, et bien entendu, gratuite. Nous nous efforçons de leur inculquer les éléments de géologie, de leur montrer scientifiquement les dangers qu'ils courent dans la mine et de leur indiquer les moyens de les prévenir ou tout au moins d'en diminuer le nombre et les conséquences ; en un mot, nous formons là une génération de futurs mineurs qui joindront à la pratique les connaissances techniques indispensables pour faire un bon ouvrier.

Dans l'hôpital, nous n'avons guère que des blessés ; les maladies sont rares, ici, depuis qu'on a supprimé les échelles, et à part quelques hommes atteints d'affections de poitrine causées par l'inhalation constante de la poussière de charbon, nous n'avons guère que des blessés. Le service de l'hôpital est fait par deux médecins et quatre sœurs de charité.

J'oubliais de vous dire que, pendant que le mari est à l'hôpital, la femme touche un franc par jour ; mais je reviendrai plus tard sur ce sujet.

La vie du mineur est des plus régulières ; les travaux, je vous l'ai dit, ne chôment que le dimanche : chaque jour, soit le matin, soit le soir, suivant qu'il fait partie d'un poste de jour ou de nuit, il se rend à la mine, où il passe douze heures, dont onze de travail. Sa tâche accomplie, il rentre chez lui et se repose.

Le dimanche, il s'occupe tout d'abord de faire disparaître l'épaisse couche de charbon qu'il a amassée depuis huit jours ; il travaille à son jardinet, puis, vêtu de ses beaux habits, il va se promener dans les champs accompagné de sa femm et de ses enfants.

Cet homme qui passe sa vie sous terre, dans une obscurité complète, éprouve un plaisir indicible à errer au grand jour, à jouir du beau soleil.

Je n'ai pas besoin de vous dire qu'il y a, parmi les mineurs comme partout ailleurs, des hommes qui préfèrent passer au cabaret les heures que leurs camarades dépensent avec leurs familles en promenades salutaires ; mais, encore une fois, c'est l'exception.

— Il me semble, cher monsieur, fit observer notre directeur, que l'existence de vos mineurs est fort heureuse et que vous avez fait tout ce qu'il est possible pour eux.

— Et ce n'est pas tout ; nous ne nous sommes pas contentés de penser au présent, nous avons aussi songé à l'avenir : au moyen d'une première mise de fonds faite par la Compagnie, d'une faible retenue sur les salaires des ouvriers, et du montant des amendes infligées pour manquements aux règlements et à la discipline, nous avons constitué une caisse de secours pour nos ouvriers : c'est grâce à cette caisse que nous donnons un franc par jour, les soins et les médicaments aux malades ; que nous indemnisons ceux qu'un grave accident prive de leur travail et que nous faisons une pension aux veuves des houilleurs tués dans la mine ; en un mot, nous les obligeons à s'assurer, en leur retenant, sous une forme déguisée, le montant de la prime.

Mais là ne s'est pas arrêtée la sollicitude de la Compagnie ; qu'un ouvrier vieux et fatigué ne puisse plus descendre au fond, nous l'employons au jour, et quand il ne peut plus même faire ce travail, nous lui assurons de quoi vivre tranquille.

Vous voyez, mes chers amis, que la Compagnie n'a rien négligé pour assurer le sort de ses travailleurs.

— Toutes les compagnies en agissent-elles de même ?

— Presque toutes ; il y a cependant quelques exceptions.

— Quel est le salaire de vos ouvriers ?

— En moyenne, chaque mineur gagne.... francs par journée de travail, et les contremaîtres.... francs.

Maintenant, mes chers enfants, vous connaissez les mineurs : vous avez vu leurs travaux ; je vous ai dit les dangers qui les menacent sans cesse, et je vous ai fait pénétrer dans leur intérieur et dans leur vie intime. Vous en savez bien plus long qu'on n'en connaît en général sur ces braves gens qu'on a beaucoup calomniés, qu'on a tout au moins fort mal jugés, et cependant, leur armée, — on peut lui donner ce nom, — leur armée est nombreuse : en France, elle compte plus de cent dix mille hommes répartis dans les différents bassins houillers du Nord, du Pas-de-Calais, de la Loire, de Saône-et-Loire, de la Creuse, du Gard, de l'Aveyron, du Maine, de la Vendée, de la Bretagne, de la Normandie ; et cette armée de mineurs extrait chaque année plus de *vingt-cinq millions de tonnes* de houille. Cette production va toujours croissant, à mesure que l'on augmente les moyens de transport et que l'on perfectionne les modes d'exploitation ; en 1863, la production était de *dix millions;* en 1882, *vingt millions,* et aujourd'hui elle atteint *vingt-cinq millions;* mais ce chiffre est encore bien inférieur à celui de notre consommation.

— Mais c'est considérable, s'écria Charles Meyer ; vingt-cinq millions de tonnes, c'est-à-dire *vingt-cinq milliards* de kilogrammes !

— C'est un chiffre énorme, assurément ; mais c'est peu, comparé à la production des autres pays, excepté la Belgique, qui ne fournit que *dix-huit millions* de tonnes. L'Angleterre en produit *cent soixante millions;* l'Allemagne, *soixante-dix millions;* les États-Unis, *quatre-vingt-dix millions.*

— Pourquoi cette différence ?

— Notre infériorité est due à deux causes : d'abord, au moins de richesse de notre sol, où les couches de charbon sont moins nombreuses qu'en Angleterre ; la superficie de nos bassins houillers est de trois cent mille hectares, tandis que celle de l'Angleterre est quintuple, et celle des États-Unis centuple.

La seconde raison est que les moyens de transport ne sont encore, ni assez nombreux, ni assez perfectionnés.

Maintenant, mes amis, étant donné les chiffres que je viens de vous indiquer, c'est-à-dire : la superficie des bassins houillers et le total du charbon extrait annuellement, il est permis de se demander combien de temps encore durera l'exploitation, et quand les mines seront épuisées.

Oh! je vous vois sourire. Ne croyez point que je plaisante, cependant ; la question a été posée, et qui plus est, résolue; mais, je dois l'avouer, les savants sont loin d'être d'accord sur ce point : tandis que les uns parlent de plusieurs milliers d'années, d'autres fixent une durée bien moins longue. Voici, selon moi, les chiffres auxquels on peut s'arrêter pour l'Europe :

France	dans 1140 ans.	
Angleterre	— 200	—
Belgique	— 750	—
Allemagne	— 500	—

En Amérique, on ne parle de rien moins que 6,000 ans.

Mais, d'ici là, on aura trouvé, dans l'application de l'électricité au chauffage et à l'éclairage, le moyen de remédier à la disparition de la houille.

M. Laurent s'arrêta ; nous étions revenus devant sa maison.

— Le programme de notre journée est rempli, mes chers enfants; je vais vous quitter pendant quelques instants pour aller donner des ordres; puis je vous retrouverai pour dîner; vous coucherez chez moi où je vous ai fait préparer un dortoir, et demain, nous suivrons, dans ses différentes transformations, la houille que nous avons vue sortir des entrailles de la terre.

LE GAZ

DEUXIÈME PARTIE

L'USINE A GAZ

CHAPITRE PREMIER

Aspect de l'usine à gaz. — La salle des fours. — Les foyers.
— 2,000 degrés de chaleur. — Les cornues. — La cuillère.
— Le barillet.

Nous dormions encore d'un profond sommeil, quand M. Laurent vint nous réveiller.

— Allons, debout, paresseux! il est huit heures. Avez-vous bien reposé? et vos rêves se sont-ils ressentis de votre promenade d'hier?

Hélas! nous étions tellement fatigués qu'aussitôt dans le lit nous nous étions endormis et n'avions fait qu'un somme jusqu'au matin.

Une demi-heure plus tard, nous avions rejoint notre aimable guide, devant sa maison.

— Je vous ai dit, jeunes gens, que nous faisions notre gaz nous-mêmes, d'abord pour éclairer les

alentours de la mine, et ensuite pour faire du coke
que nous vendons aux aciéries voisines. Nous pre-
nons un bloc de houille au sortir de la mine, nous
le soumettons à une cuisson et nous en retirons du
gaz, du coke, de l'ammoniaque et du goudron;
nous allons suivre cette ou plutôt ces opérations.

A quelques centaines de mètres de la mine,
tout à fait en dehors de l'espace occupé par les
constructions d'exploitation, nous aperçûmes un
vaste enclos, couvert de bâtiments d'un étage et
surmonté d'une haute cheminée en briques. Un
tramway réunit l'usine à gaz à la salle de pesage
et de mesurage.

Nous traversâmes la cour de l'usine, nous
dirigeant vers un grand bâtiment situé en face de
la porte d'entrée.

— C'est ici la *salle des fours*, dit M. Laurent
en ouvrant la porte.

Devant nous s'élevait une construction en
briques formant dans la salle, un vaste cube; dans
le bas, au niveau du sol, deux foyers; au-dessus
de chaque foyer, dans le mur, des calottes de
fonte ayant la forme d'un ⌂ renversé; une barre
de fer les traversait.

— Ces demi-cercles sont les cornues; nous en
avons huit, quelques usines en possèdent jusqu'à
vingt-quatre. Ces cornues, qui contiennent de 100
à 130 kilos de charbon, règnent dans toute la lon-
gueur du four; leur orifice est fermé hermétique-

ment afin que l'oxygène de l'air ne puisse y pénétrer ; dans ce cas, en effet, au lieu de distillation, il y aurait combustion, au lieu de produire du gaz, le charbon brûlerait.

Ces fours sont chauffés directement et successivement par les flammes du foyer à coke que l'on entretient avec un soin tout particulier à une température constante de 2,000 degrés.

— 2,000 degrés ! interrompit un des jeunes gens.

— Oui, 2,000 degrés.

— Mais fours et cornues doivent s'user bien rapidement, objecta le directeur de l'école.

— Ils sont construits en terre réfractaire, répondit M. Laurent et ne durent généralement que dix-huit mois ou deux ans ; ce laps de temps écoulé, il faut les reconstruire.

— Ce qui occasionne une grosse dépense ?

— Quinze cents francs, environ. Tenez, voilà qu'on va justement charger un four, approchons-nous.

Tout d'abord, l'ouvrier desserra la vis de pression qui sert à maintenir un tampon de tôle appliqué contre l'orifice de la cornue, puis il en approcha un charbon allumé, et des flammes se produisirent.

— Qu'est-ce qui brûle ainsi ? demanda Louis Tisserand.

— C'est du gaz qui reste dans la cornue.

— Pourquoi le brûle-t-on ?

— Parce que, sans cette précaution, ce gaz au contact de l'air formerait un mélange détonant qui s'enflammerait contre la paroi incandescente de la cornue et déterminerait une explosion tout comme le grisou. Au contraire, en brûlant, les gaz absorbent par leur combustion l'oxygène de l'air, et tout danger disparaît.

Lorsque le gaz cessa de brûler, l'ouvrier enleva complètement le tampon de la cornue, ce qu'ils appellent *détamponner*, et, armé d'un long crochet de fer, il se mit en devoir de retirer la matière qui reste dans la cornue après la distillation.

— Mais c'est du coke cela ! s'écria Charles Meyer.

— Oui, c'est du coke, c'est-à-dire du *charbon cuit*. Mais voyez comment l'ouvrier va procéder pour *charger* la cornue.

Pendant que le chauffeur achevait de vider la cornue et qu'armé d'une longue tige de fer il ramonait un tuyau placé à sa partie antérieure, un autre remplissait de charbon un long instrument de tôle ayant la forme d'un demi-cylindre ; à une de ses extrémités, il était muni d'une tige de fer terminée par un T.

— C'est la *cuiller*, dit M. Laurent.

Au moyen d'un petit treuil, glissant sur une barre de fer fixée au plafond parallèlement aux fours, l'ouvrier amena la cuillère devant la cornue, l'y introduisit, puis, la saisissant par la poignée, lui fit faire un demi-tour pour la vider ; ensuite, il la retira.

Cette opération terminée, les tampons entourés de terre glaise destinée à faire *lut* ou garniture furent replacés et fixés contre la cornue.

— Voilà un four chargé ; le charbon va cuire pendant quatre heures avant de se transformer en coke et d'avoir donné tout ce qu'il contient ; il en sortira *trente mètres* cubes de gaz et il restera environ soixante-dix kilos de coke.

Maintenant la distillation commence, approchez-vous un peu et prêtez l'oreille, vous entendrez un espèce de barbotement ; c'est le bruit du dégagement des gaz dans le *barillet*.

— Qu'est-ce que le barillet?

— C'est ce cylindre placé horizontalement au-dessus des fours ; il est rempli d'eau jusqu'à un certain niveau et sert de premier purificateur au gaz d'éclairage ; celui-ci, lorsqu'il sort de la cornue pour passer dans le barillet en suivant ce tuyau qui les relie et que l'on nomme *colonne montante*, est encore chargé de tous les produits que nous étudierons plus loin et encore d'autres corps à noms barbares que je ne veux pas vous dire ; vous les trouverez plus tard dans votre cours de chimie et on vous apprendra leur origine.

La première matière qui se dégage du gaz, en restant dans le barillet, est le goudron, et cela se comprend de reste : par le refroidissement le goudron devient épais; il coule difficilement et finirait par obstruer les conduites de fabrication ; à haute température, 300° environ, il se solidifie et donne du brai qui produit également l'obstruction des tuyaux. Il y a donc intérêt à le retenir de suite, et c'est dans le barillet que s'opère une partie de cette condensation, Le goudron est en sus-pension dans le gaz, une expérience bien simple nous en assurera.

M. Laurent dit quelques mots à un ouvrier ; celui-ci ouvrit un regard à la partie supérieure du tuyau d'ascension, avant sa jonction avec le barillet; aussitôt s'échappa une fumée noire, épaisse, veloutée, lourde, répandant une odeur âcre.

— Cette fumée, dit l'ingénieur, n'est autre chose que du gaz d'éclairage chargé des autres produits que je vous ai indiqués tout à l'heure.

Puis prenant une feuille de papier blanc, il l'exposa un instant à l'action de la fumée; quand il nous la présenta, elle était couverte de grosses gouttes d'une matière visqueuse et gluante.

— C'est du goudron, qui s'est condensé grâce au refroidissement de la masse gazeuse dans la-quelle il se trouvait. Cette petite expérience vous indique ce qui se passe dans le barillet :

Le barillet est rempli d'eau jusqu'à un certain niveau ; à mesure que le gaz distille et sort de la cornue par le tuyau que les chauffeurs ramonaient

Condensateur vu de face.

tout à l'heure, il pénètre dans l'appareil et, se refroidissant subitement au contact de l'eau qu'il traverse et dans laquelle il barbote, il se débarrasse de la majeure partie du goudron qu'il contient. Le goudron en suspension dans le gaz se refroidit et se condense, comme vous l'avez vu sur la feuille de papier; dans cet état, il tend à tomber au fond du barillet d'où il est enlevé et porté dans une citerne spéciale.

Qu'est devenu le gaz, pendant cette opération? Il est, en vertu de sa légèreté, monté au sommet du barillet, s'est engagé dans un tuyau nommé *collecteur* qui le conduit jusqu'à un autre appareil que nous verrons plus loin. Notez bien que, pendant tout ce parcours, il continue à subir le refroidissement, et que, par conséquent, il se débarrasse encore d'une partie du goudron.

Avez-vous bien compris toute cette première partie du travail ?

Elle est très simple, et peut se résumer ainsi :

Le charbon enfermé dans des cornues hermétiquement closes et chauffées à 2000° cuit jusqu'à ce qu'il soit changé en coke ; pendant que cette transformation s'opère, il produit du gaz, chargé de goudron et de matières étrangères. De la cornue le gaz passe dans le barillet, et, au contact de l'eau froide, se débarrasse d'une partie du goudron ; puis, il est envoyé par le collecteur dans un appareil de condensation où il doit achever de se dépouiller de ce corps étranger.

Suivons-le donc, et voyons quel nouveau phénomène va se produire.

CHAPITRE II

Les jeux d'orgues. — La colonne à coke. — Merveilleuse
application du condensateur Pelouze et Audouin. — Ammoniaque. — Épuration. — Procédé Laming. — Phénomène
de la revivification.

Non loin de la salle des fours, en plein air,
M. Laurent s'arrêta devant d'énormes caisses de
fer surmontées de nombreux tuyaux hauts de trois
mètres environ et larges de quinze à vingt centi-
mètres. Au-dessus, était disposé un grand réservoir.

— On dirait des orgues, s'écria l'un d'entre
nous.

— Cet appareil se nomme un *condenseur*, et
la ressemblance que vous venez de trouver leur a
fait donner le nom de *jeux d'orgues*.

Cette caisse en fonte, qui forme la base du jeu
d'orgues, est en partie remplie d'eau ; le gaz y pénètre par en bas et barbote dans le liquide ; le
premier résultat de ce barbotage est de produire
la condensation d'une partie des goudrons les moins

volatils encore contenus dans le gaz. En sortant de la caisse, le gaz monte dans le premier tuyau, redescend par le second, barbote de nouveau dans l'eau et remonte dans le troisième pour redescendre par le quatrième, et ainsi de suite jusqu'au dernier ; c'est ce qui explique que les tuyaux sont toujours en nombre pair.

Devinez-vous ce qui s'est passé pendant cette promenade du gaz à travers les jeux d'orgues ?... Non, eh bien, vous allez le comprendre facilement, surtout si vous n'avez pas oublié ce que je vous ai dit dans la salle des fours à propos de la condensation du goudron sous l'influence d'une diminution de température.

Exposés à l'air, ces tuyaux sont à la température ambiante, et par conséquent refroidissent sans cesse le gaz ; le goudron qu'il contient en suspension se solidifie et s'attache à la paroi, ou descend au fond de l'eau pendant le barbotage ; ce goudron, ainsi obtenu, va rejoindre dans une citerne, celui venant du barillet.

Mais ce phénomène n'est pas le seul qui se produise pendant cette opération : nous avons déjà vu que le gaz, entre autres matières, contenait de l'ammoniaque ; cette substance a une grande affinité pour l'eau, de sorte que, quand le gaz traverse le liquide au fond de la caisse, l'ammoniaque se sépare du gaz, se dissout dans l'eau, et forme une eau ammoniacale, peu riche, à la vérité, mais

CONDENSATEUR. — Plan.

que nous verrons s'enrichir tout à l'heure. Ces
eaux sont recueillies dans une citerne indépendante
de celle des goudrons.

— Et le gaz ? demanda un élève.

— Patience, nous allons le retrouver. En sortant
du condenseur où nous venons de voir l'épuration
qu'il subit, le gaz entre dans cette grosse tour.

Et M. Laurent nous montrait un vaste cylindre
posé verticalement, haut de cinq mètres et large
de deux ; il était aussi surmonté d'un réservoir.

— C'est ce que l'on appelle la *colonne à coke ;*
son nom, justifié autrefois, ne l'est plus maintenant;
en effet, il y a peu de temps encore, on remplissait
cette colonne de coke ; aujourd'hui, on y met des
débris de brique, des cailloux de rivière, des morceaux de pierre.

Cela semble vous étonner, mes amis, que l'on
purifie du gaz avec des cailloux, je m'explique :

On a remarqué que le goudron contenu dans
le gaz se déposait facilement aux bavures de fontes,
aux moindres obstacles que le gaz rencontre sur
son chemin : preuve nouvelle qu'il y est à l'état de
suspension. On s'est dit : pourquoi ne pas créer
des obstacles artificiels ? de nombreux obstacles
superposés tels que le gaz soit comme laminé entre
tous ces « impedimenta » et l'on a créé la colonne
à coke. Le gaz arrive à la partie inférieure, il rencontre un amas de coke, de silex, de débris de
toutes sortes, il se fraye un passage dans les inter-

stices vacants entre tous ces corps ; mais là où passe une molécule de gaz, une molécule de goudron reste et ainsi la condensation sera complète. À la sortie de l'appareil, le gaz ne contiendra plus que des traces insignifiantes de goudron.

Nous allons en faire la preuve.

M. Laurent ouvrit un robinet et le gaz fusa à l'état de vapeur, mais parfaitement incolore, répandant une odeur très désagréable ; il mit une feuille de papier blanc en contact avec le gaz et, contrairement à ce qui s'était passé à la sortie des cornues, la feuille resta absolument immaculée.

— L'expérience est concluante, reprit-il ; notre gaz est débarrassé du goudron.

— A quoi servent ces réservoirs qui surmontent les colonnes à coke ?

— A arroser, et ici, l'arrosage a un double but :

1° Condenser tout l'ammoniaque, le séparer du gaz ;

2° Faire obstacle au passage du gaz et lui créer un nouvel « impedimentum ». Il faut arroser la colonne pour enlever l'ammoniaque qui est un gaz nuisible à l'éclairage et qui, vu son affinité pour l'eau, est facile à condenser. On reprend les premières eaux sorties du condenseur, on les envoie au moyen d'une pompe au-dessus de la colonne : l'arrosage se fait avec ces eaux qui se chargent d'ammoniaque pendant leur traversée de la colonne ; elles contiendront alors jusqu'à 7 grammes

6.

d'ammoniaque par litre et par degré marqué à l'aréomètre qui sert à les peser à la sortie de l'appareil quand elles auront servi plusieurs fois. Les carbonates et sulfhydrates d'ammoniaque non décomposés, — car l'ammoniaque contenu dans le gaz n'est pas suffisant pour saturer les eaux d'arrosage — se dissoudront dans la liqueur ammoniacale ; une petite partie de ces sels seulement se cristallise dans les conduites et sur les parois de la citerne qui reçoit les eaux ammoniacales ; mais les 99 % des produits ammoniacaux sont contenus dans les eaux ammoniacales que l'on recueille, j'allais dire précieusement, dans une citerne dont j'ai déjà parlé. Nous verrons l'usage que l'agriculture a su en faire.

Je vais maintenant vous montrer un appareil imaginé par MM. Pelouze et Audouin pour remplacer la colonne à coke, et qui porte leur nom. Il purifie tellement bien le gaz du goudron qu'il contient, qu'il a fait le sujet d'une charge humoristique: un facétieux dessinateur a représenté un nègre introduit d'un côté de l'appareil et sortant à l'autre extrémité parfaitement blanc.

Le principe sur lequel se sont basés les inventeurs est simple : si vous faites passer le gaz par une série de petits trous derrière lesquels il rencontrera un obstacle, la vitesse d'écoulement étant considérable. le goudron se déposera sous l'influence du choc reçu et plus la vitesse sera grande

V. Rose

RÉGULATEUR D'ÉMISSION. — Coupe.

plus le choc sera violent et plus le dépôt de goudron sera intense. L'appareil se compose d'un
double cylindre creux dans lequel arrive le gaz ;
les parois du premier cylindre sont percées de
petits trous ayant un millimètre de diamètre ; ils
correspondent aux pleins des parois de la seconde
enveloppe, comme les trous de celle-ci correspondent aux pleins de la première. L'espace est très
étroit entre les deux cylindres, entre les deux cloches. Vous apprendrez un jour que la vitesse est
une droite ; c'est-à-dire qu'elle est représentée à
chaque instant de la course d'un point mobile dans
l'espace par une ligne droite. En outre de cette
vitesse, le gaz arrivant avec une certaine rapidité
dans la cloche intérieure tend à en sortir en passant par les petits trous de cette dernière ; le goudron, en suspension dans le gaz, se heurte à la
paroi pleine de la cloche extérieure ; pour sortir
de l'espace infiniment petit qui existe entre les
deux cloches, il faut qu'il exécute un mouvement
de translation, qu'il trouve les orifices de la cloche
extérieure. Donc :

1° Choc ;

2° Laminage, pour ainsi dire, des molécules
goudronneuses.

En résumé, après avoir traversé les jeux d'orgues et la colonne à coke, ou le condensateur Pelouze, le gaz est entièrement débarrassé du goudron et de l'ammoniaque qu'il contenait ; mais il

n'est pas bon encore pour l'éclairage ; il n'est pas complètement pur, il doit subir encore une nouvelle épreuve, c'est ce que l'on nomme l'*épuration*.

Suivons le gaz ; en sortant de l'appareil que nous venons de voir, il passe dans un tuyau souterrain qui le conduit dans cette salle où nous allons le retrouver.

Dans une vaste pièce où nous entrâmes, M. Laurent nous montra deux grandes caisses de fonte, rectangulaires, fermées par un couvercle de tôle.

— Voici les épurateurs, nous dit M. Laurent ; je vais en faire ouvrir un.

Sur un ordre de l'ingénieur, un ouvrier leva, à l'aide d'un levier, placé au sommet du couvercle, une soupape, et fit jouer deux loqueteaux engagés dans des rainures fixées aux caisses.

— C'est pour permettre l'entrée de l'air dans l'appareil, et par conséquent, faciliter le soulèvement du couvercle.

L'ouvrier mit en mouvement un petit treuil mobile sur des rails agissant sur des chaînes s'articulant aux angles et le couvercle se leva.

— Remarquez d'abord que pour rendre la fermeture parfaitement étanche, on fait plonger les rebords du couvercle dans cette rigole ménagée à l'extérieur de la caisse et remplie d'eau. Voyez maintenant la disposition des claies : elles sont au nombre de six, supportées par des charnières ; la matière que vous voyez étendue sur les claies est la matière épurante.

Autrefois, on épurait le gaz avec de la chaux, ce qui était fort coûteux ; les savants cherchèrent un autre procédé et M. Laming trouva celui employé aujourd'hui, et qui porte son nom.

La matière épurante se compose tout simplement de peroxyde de fer, de chaux et de sciure de bois qu'on y ajoute pour la rendre plus perméable au gaz.

Le gaz circule dans la cuve, traverse la matière étendue sur les claies et sort de là parfaitement épuré et propre à être livré à la consommation.

— Renouvelle-t-on souvent la matière épurante? demanda un de mes camarades.

— Tous les quinze jours environ ; mais la matière n'est pas perdue ; on ne la jette pas ; on l'expose à l'air et bientôt elle reprend toutes ses propriétés et même sa couleur primitive, c'est ce que l'on appelle le phénomène de la *revivification*.

Voilà donc notre gaz parfaitement pur, prêt à être livré à la consommation ; mais avant de le faire passer dans les conduits souterrains qui vont à travers les villes pour éclairer les rues, les magasins, les maisons, il faut que nous sachions et ce que nous avons produit de gaz, et ce que nous en distribuons. C'est le rôle du *compteur*.

Enfin, comme notre fabrication est forcément

plus considérable que la consommation, il nous faut emmagasiner le gaz, le mettre en réserve pour subvenir à l'excédent de consommation qui peut se présenter d'un moment à l'autre. Ce magasin, c'est le *gazomètre*.

CHAPITRE III

Le compteur. — Le *mouchard*. — La consommation du jour
et de la nuit. — Le gazomètre. — Un accident. — Ce que
pèse une cloche. — Capacité de quelques gazomètres. —
Les dangers du gaz. — Toujours les imprudences. — Trait
énergique d'un directeur.

— C'est dans un petit salon, que je vais vous
conduire, mes chers amis ; dans toutes les grandes
usines à gaz, on fait aux compteurs les honneurs
d'une pièce spéciale, souvent luxueusement meu-
blée. Quoique nous n'ayons qu'une petite fabrication, et pour nos besoins personnels seulement,
nous n'avons pas voulu déroger à la coutume et
nous avons installé notre compteur, sinon luxueusement, tout au moins, très confortablement.
Voyez plutôt.

M. Laurent ouvrit une porte et nous fit entrer
dans une chambre au parquet luisant et ciré, aux
murs lambrissés. Au centre, le compteur était
revêtu d'ornements de bronze doré.

— Voici le compteur ; sous la première enveloppe que vous voyez, il renferme un appareil semblable à celui contenu dans les petits compteurs placés dans les maisons, chez les consommateurs ; avec des proportions bien plus grandes, toutefois, car celui-ci peut débiter *cinq mille mètres* cubes de gaz par jour, et il y en a qui ont une capacité bien plus considérable, jusqu'à *vingt* et *vingt-cinq* mille mètres.

A quelques perfectionnements près, le compteur, tel que nous l'employons aujourd'hui, est le même que celui inventé par Clegg en 1816 ; je vais essayer de vous le décrire, car, malheureusement, il m'est impossible de vous faire voir l'intérieur de l'appareil. Cependant, grâce au plan que voici, et que je vais vous expliquer, j'espère arriver à vous faire saisir le mécanisme, du reste très simple, de son fonctionnement.

Le compteur de fabrication se compose de deux parties : l'enveloppe en fonte, extérieure, apparente, et le tambour, appelé volant. Ce tambour n'est en résumé qu'une roue à augets, dont une partie est toujours dans l'eau, jusqu'à un niveau déterminé, l'autre émergeant du liquide. Mais les augets ont une forme spéciale, en hélice, de sorte que le gaz qui s'introduit dans un auget ne peut pas s'échapper (les augets ne pouvant pas communiquer l'un avec l'autre) ; mais en même temps que la pression, résultant de la fabrication, force le gaz à remplir un auget, elle fait tourner le volant

COMPTEUR DE FABRICATION. — Vue d'ensemble.

ou tambour, et la forme des augets est telle, que ce n'est qu'après le remplissage d'un auget par le gaz que la rotation effectuée sous l'influence de la pression sera suffisante pour que l'auget arrive devant l'orifice de sortie, alors le gaz s'échappe. Étudions cette description sur ce plan.

Le tambour B, en tôle, est fermé par une paroi placée sur un des côtés, par une calotte sphérique B sur l'autre. A l'intérieur sont disposés quatre augets convenablement courbés et formant quatre compartiments ainsi que l'indique la figure page 139.

Le tambour tourne autour de son axe, dans la caisse AA, avec le moins de frottement possible. Cette caisse ainsi que la boîte E établie en avant sont remplies d'eau jusqu'à une certaine hauteur invariable WW, pour laquelle le compteur est réglé et pour laquelle seulement ses indications sont exactes. Pour ce niveau, le tambour plonge dans l'eau jusqu'au-dessus de son axe. Il en résulte, eu égard à la forme des augets, que le gaz arrivant de la conduite ne peut entrer à la fois dans deux augets, mais qu'il se trouve forcé de les remplir successivement. Au moment où le premier auget est plein et commence à se vider, le gaz arrive dans le suivant. Mais en même temps que les augets s'emplissent, le gaz en vertu de sa pression sur les parois du tambour fait tourner celui-ci et cette rotation se continue tant que le gaz passe dans l'appareil. L'arrivée du gaz a lieu de haut en bas par le tuyau E, dans la chambre K. Parvenus au diaphragme que renferme cette chambre, il passe sous la soupape I munie d'un flotteur F. Cette soupape n'est ouverte que si le niveau de l'eau est bien réglé ; si, par un accident quelconque ce niveau vient à baisser, le flotteur F descend, la soupape I se ferme et le compteur cesse de fonctionner. Après son passage en E, le gaz dérive dans le compartiment inférieur, pénètre dans le tuyau coudé G (dont l'orifice est un peu au-dessus du niveau de l'eau), qui le dirige dans le tambour. De la branche montante de G part, à cet effet, un branchement horizontal, qui traverse la paroi du tambour dans un trou, ménagé au-dessous du niveau de l'eau, et remonte à l'intérieur de ce tambour. Le gaz arrive ainsi dans l'auget du tambour, qui se trouve au-dessus de l'orifice de sortie, et s'y accumule jusqu'à ce que l'ouverture d'admission soit au-dessous du liquide. Au même moment, l'orifice d'évacuation sort du liquide, du côté opposé, et le compartiment se vide. Un coup d'œil jeté sur la figure page 145 fait comprendre immédiatement la série de ces effets successifs. Le gaz arrivant entre A et B, longe la paroi B V pour sortir du côté opposé par l'intervalle C A la sortie des augets, le gaz se rassemble dans l'intervalle libre entre le tambour et la caisse, au-dessus de l'eau, et s'échappe par le tuyau Q. La marche de l'appareil se continue tant que le gaz circule dans la conduite.

L'enregistrement des volumes de gaz débités, se fait par une série d'engrenages, qui reçoivent leur mouvement de l'axe du tambour Z A cet effet, l'axe Z porte une vis sans fin Z, qui engrène avec une roue dentée horizontale A. Celle-ci commande, par le renvoi vertical, une série de pignons et de roues, placés à la partie supérieure. La vitesse relative des différents engrenages est d'ailleurs réglée de façon que l'une des roues, placée à la partie supérieure enregistre les unités, la seconde, les dizaines, la troisième, les centaines, etc... La lecture se fait sur des cadrans portant la série des chiffres et mobiles devant des index fixes.

Comme je vous l'ai déjà dit, il est essentiel, pour l'exactitude des indications d'un compteur, que le niveau de l'eau soit maintenu exactement constant et ne descende pas au-dessous du point pour lequel ce compteur a été réglé. L'introduction de l'eau s'effectue à l'aide d'une ouverture, ménagée sur la chambre placée en avant, et fermée par un bouchon à vis L. Dès que l'eau atteint, en E, le niveau supérieur du tuyau N, l'excès de cette eau coule par la seconde branche du siphon dans la chambre K, où le niveau calculé s'établit, le trop-plein s'écoulant au dehors par l'orifice V, dont on a enlevé au préalable le bouchon B.

Par ce fait même que le compteur mesure les volumes de gaz au moyen d'un niveau d'eau, il

Compteur. — Le tambour ou volant à augets.

importe que le compteur soit toujours de niveau, ce qui explique les précautions prises lors d'une installation pour asseoir convenablement d'aplomb le compteur.

— Il semble, cependant, que ce compteur ne ressemble pas complètement à celui que j'ai vu chez nous, dit Charles Meyer.

— En effet, la différence consiste dans cette tige extérieure; elle est destinée à faire connaître la régularité de la fabrication; les chauffeurs l'ont nommée le *mouchard*.

Cette tige est fixée à l'aiguille d'une pendule par une de ses extrémités et, de l'autre, elle est munie d'un crayon qui indique, sur un carton spécial, la marche régulière de l'aiguille et, par conséquent, la régularité de la fabrication du gaz.

Donc, mes amis, le gaz est fabriqué, épuré et sa quantité évaluée; il s'agit maintenant de l'emmagasiner.

La consommation du gaz, dans les villes, est, je n'ai pas besoin de vous le dire, très variable selon les heures du jour et les époques de l'année : presque nulle dans la matinée et dans l'après-midi, elle éprouve une recrudescence aux heures des repas; en hiver, le maximum de la consommation est de *quatre* à *sept* heures du soir; elle diminue de sept heures à dix heures, peu à peu, au fur à mesure que chacun ferme boutique, pour devenir

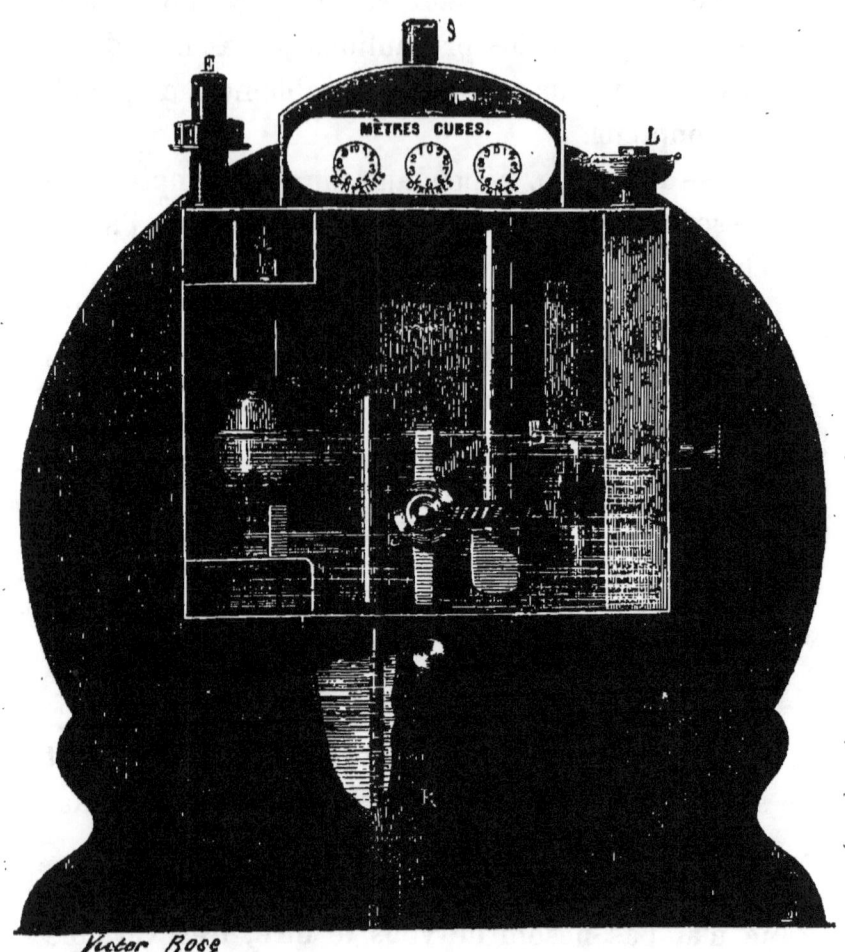

Victor Rose

Intérieur du compteur.

très faible vers minuit, où il n'y a plus guère, à de rares exceptions près, que les reverbères allumés.

Il faut donc établir soigneusement une évaluation approximative de l'excès de la dépense, ou de la consommation sur la fabrication pendant les heures susdites, afin d'emmagasiner une réserve suffisante pendant la journée, par l'excès de la fabrication sur la consommation, et pouvoir suffire à toutes les exigences de la demande. C'est le but des gazomètres; ils sont la réserve de l'usine; ils emmagasinent le gaz produit, et au moment où celle-ci serait insuffisante, on envoie la réserve en ville.

Ces immenses réservoirs de fonte que vous voyez là, élevés sur des constructions de pierre, se divisent en trois parties :

1° la cuve ;

2° la cloche ;

3° le guidage.

Supposez une cuve pleine d'eau : placez sur cette cuve un vase renversé ouvert à la base, fermé au sommet. Introduisez un tube recourbé sous ce vase : soufflez, si le vase est guidé à droite et à gauche de façon à ne pas pouvoir se déverser, la pression exercée par l'insufflation fera monter le vase : car cette pression s'exerçant sur l'eau qui fera un obstacle naturel aura forcément une action directe sur le fond du vase. Tel est le gazomètre.

La cloche cylindrique ouverte à sa partie inférieure plonge dans la cuve à eau, où débouchent, au dessus du niveau du liquide, les tuyaux de conduites de gaz.

Le gaz, arrivant au-dessus de l'eau avec une certaine pression, va soulever la cloche et la remplir. Au moment de la grande dépense, la fabrication étant dépassée par la consommation, le gaz ne fera que traverser la cloche qui ajoutera l'excédent nécessaire au besoin de l'éclairage et la cloche descendra.

— Si j'ai bien compris votre explication, monsieur, dit un des jeunes gens, cet appareil doit être assez délicat, et facile à déranger.

— Non, quand il est bien construit; mais l'établissement d'un gazomètre demande des précautions infinies et des qualités sans nombre : cuve parfaitement étanche; construction soigneuse de la cloche et des guidages qui servent à régler son mouvement ascensionnel et son mouvement de descente; la moindre irrégularité amènerait un déplacement de l'axe de la cloche et pourrait produire des flexions souvent dangereuses. D'ordinaire, on arrive à ce résultat en disposant sur le pourtour du gazomètre des gonds métalliques, sur lesquels roulent des galets répartis en différents points de la circonférencee de la cloche.

La cuve à eau doit être assez profonde pour que la cloche puisse y plonger entièrement.

La cloche est faite en feuilles de tôle assemblées par des rivets et l'on comprend avec quel soin il faut surveiller les rivures, puisque, autant de rivets mal posés, autant de fuites ! Entre les joints des rivets on introduit de l'étoupe imprégnée de minium. Les cuves sont construites en maçonnerie ou en tôle, ou en fonte.

— Arrive-t-il souvent des accidents?

— Souvent, non; mais quelquefois, et je vais vous en citer deux, un, arrivé à un de mes camarades, et l'autre dont j'ai été témoin.

Dans une usine des environs de Paris, on avait établi un nouveau gazomètre de plusieurs mille mètres de capacité. La cuve était en tôle rivée, ou en fonte boulonnée et se remplissait d'eau. La cloche commençait à monter; on vint avertir le directeur qu'une fuite d'eau légère venait de se déclarer à un rivet situé à un mètre environ en dessous du niveau de l'eau. Le directeur alla voir ce qu'il en était; il constata, en effet, un suintement d'eau, dont il ne put se rendre maître. Il n'avait qu'une chose à faire, arrêter le remplissage et remettre la réparation au lendemain; mais le remplissage de la cuve continuait. Remarquons que la cuve étant toujours nécessairement plus large que la cloche renfermait environ 5,000 mètres cubes d'eau et la cloche environ 4,500 mètres cubes de gaz. Celle-ci heureusement commençait à peine à se soulever; tout en réfléchissant aux moyens à employer pour faire convenablement la réparation, le directeur s'en alla. Une heure après, un ouvrier arrivait affolé et lui annonçait que, sous l'influence d'une force de rupture de l'équilibre, la fuite d'eau s'était subitement agrandie le rivet ayant sauté, la tôle s'était détériorée brusquement, et l'eau contenue dans la partie supérieure de la cuve s'était répandue dans l'usine, heureusement isolée. Cette inondation de mille à douze cents mètres cubes d'eau avait envahi les fours, éteint les feux, ravagé le sol de l'usine et démonté quelques tuyaux. Pendant ce temps, la cloche était descendue brusquement au fond de la cuve, le contre-coup l'avait fendue, et le gaz s'échappait par une large baie, déterminée par le choc. Le gazomètre se trouvait à proximité d'un bec de gaz qui éclairait la cour, le gaz avait pris feu et les rares passants auraient pu voir un nuage de feu sortant du gazomètre éventré.

Que faire? rien, hélas !... Eviter la propagation de l'incendie en arrêtant d'abord la fuite de la cloche, ce que l'on fit avec courage, et le gaz enflammé cessa rapidement d'être un danger. Il fallut ensuite rallumer les feux et remettre en ordre les tuyaux démontés. La réparation coûta 25,000 francs. Et tout cela pour un rivet mal posé, et pour une fissure dans la tôle.

L'autre exemple, nous dit M. Laurent, m'est personnel. En 1883, au mois d'avril, le directeur de l'usine de Bucharest reçut des constructeurs anglais un gazomètre à cuve en tôle rivée qui venait d'être terminé. Les premiers essais indiquaient cependant une malefaçon dans le travail, car l'on constata une perte de 360 mètres cubes d'eau par jour. De médiocres réparations furent faites et n'amenèrent aucune amélioration. Je pris possession de l'usine un mois après, et j'avertis le directeur de la compagnie, alors à Paris, de cet état de choses; mais comme mon prédécesseur avait signé la réception des travaux, je n'avais rien à dire. Je me servis du gazomètre qui cubait 7,000 mètres cubes et qui avait 33 mètres de diamètre.

Tout alla bien pendant l'hiver 1883-84; mais au mois de mars 1884, par un temps superbe et sans que rien pût faire prévoir la chose, je fus averti soudain par un gardien de nuit, à sept heures du soir, qu'une déformation venait de se produire dans la cloche, accompagnée d'un bruit sourd comme serait celui d'une rupture de charpente. Je constatais en effet une dénivellation de la calotte, un gondolement inquiétant des tôles. J'avertis l'administrateur, les constructeurs arrivent à la hâte et après bien des essais infructueux, parviennent à ouvrir le trou d'homme placé dans la calotte pour permettre la visite de l'intérieur de l'appareil. Une parenthèse est ici nécessaire.

A première vue l'on s'aperçoit que le poids de la calotte du gazomètre, poids qui arrive à plusieurs

milliers de kilogrammes, a une tendance à lui faire
prendre une inflexion contraire à celle apparente,
à la faire rentrer dans l'intérieur de la cloche. A
ce poids, ajoutez la pression atmosphérique à
raison de 1 kil. 033 par centimètre carré, et vous
comprendrez, jeunes gens, l'importance qu'il y
a à placer dans l'intérieur du gazomètre ce que
l'on appelle une charpente sur laquelle la calotte
vient reposer quand la cloche est vide. En effet,
tant que la cloche est en charge, c'est-à-dire tant
qu'elle renferme du gaz, la pression intérieure fait
obstacle à la pression exercée par l'atmosphère
ajoutée à l'effet de la pesanteur, le gaz soutient en
un mot la calotte.

Mais supposons que la cloche soit à fond,
qu'elle ne renferme plus de gaz, alors le vide tend
à se faire, la pression intérieure ne fait plus équilibre à la pression atmosphérique ajoutée au poids
des tôles, la calotte se déforme, elle se déchire et
rentre dans la cloche. Ces charpentes sont immo-
biles, en bois, et fixées dans le fond de la cuve, ou
bien elles sont en fer, fixées après la cloche et
montent ou descendent avec elle. Dans les deux
cas, la calotte s'appuie au repos, sur une construction en bois ou en fer. Celle du gazomètre de
Bucharest était en fer et fixée après la cloche. Le
gazomètre était presque à fond et je crois que, par
la négligence du contremaître chargé de la distribution du gaz en ville, le vide tendait à se faire

sous la cloche. A ce moment, la calotte suppor-
tait un poids de 985,000 kilos !

Or, je l'ai dit, la charpente adhérente à la
cloche et la pièce qui en construction s'appelle le
poinçon, sur laquelle viennent reposer toutes les
autres pièces de charpente avait été fixée après la
calotte elle-même par huit énormes boulons qui
supportaient l'ensemble de la pression. L'un d'eux,
sous l'influence du poids énorme qui se fit sentir se rompit, puis bientôt un autre et les têtes
de boulons furent cisaillées comme si on les eût
coupées avec une tranche ; dès lors l'équilibre était
rompu, le poinçon n'étant plus fixé sur les boulons
donna du nez sur la gauche et quand nous pûmes
enfin descendre dans l'intérieur de la cloche, nous
constatâmes que toutes les pièces de charpente à
droite du poinçon avaient été cassées net au point
d'attache par suite de la tension extrême qu'elles
subissaient, et toutes les pièces de gauche avaient,
au contraire, subi un refoulement qui les avaient
disloquées ; de sorte qu'elles présentaient l'aspect
de tire-bouchons, de serpents enlacés les uns dans
les autres et dont on ne peut se faire une idée
qu'après l'incendie d'un bâtiment construit en fer.
Notez que plusieurs de ces fers avaient 3 ou 4 cen-
timètres de diamètre et voyez quelle force il a fallu
pour les tordre.

De tout ceci, il résulte que si la cuve n'avait
pas fui, le vide se serait établi plus difficilement

sous la cloche et que l'accident ne serait pas arrivé. En attendant, il en coûta 20,000 francs à la compagnie pour la réparation.

On construit dans les usines qui ont peu de place des cloches de gazomètre dont les parties rentrent les unes dans les autres comme les différents tubes d'une lorgnette; on les nomme *gazomètres télescopiques*. Quand la cloche se soulève, les différents segments forment entre eux des joints hydrauliques; l'anneau supérieur est à cet effet recourbé vers l'intérieur et forme une rigole pleine d'eau dans laquelle plonge le rebord plié en sens inverse de l'anneau inférieur.

Cette disposition permet d'avoir une cuve beaucoup moins profonde, puisque la cloche, quand les différents segments sont les uns dans les autres, n'occupe plus qu'une petite hauteur.

Les gazomètres ont des dimensions variables depuis 4 à 500 mètres jusqu'à 67,500 mètres cubes, (70 mètres de diamètre et 28 mètres de hauteur), comme à l'usine de *Hakney Road* (Angleterre). A Liverpool, on en a construit un de 87,000 mètres cubes, et si l'on compte qu'un gazomètre revient à 25 francs le mètre cube, on voit quelle dépense énorme (plus de 2 millions) occasionne semblable construction et quels soins il faut y apporter pour en assurer le bon fonctionnement.

— C'est du gazomètre que part le gaz pour être distribué sur les différents point de la ville?

7.

— Oui, et c'est là une opération qui demande un soin constant. Je vous ai dit que la consommation n'était pas toujours la même à toutes les heures du jour et à toutes les époques de l'année; il faut que la pression donnée au gaz pour se répandre dans les tubes souterrains qui sillonnent les rues soit proportionnée aux besoins des consommateurs.

Cette pression est réglée par le *régulateur* de *pression* ou d'*émission*.

Nous avons vu, mes enfants, toute la fabrication du gaz; il ne nous reste plus qu'à étudier le parti que nous tirons de ses sous-produits :

Coke. — Ammoniaque. — Goudron.

Mais, avant tout, je veux vous donner quelques conseils.

— Et d'abord, le gaz est-il dangereux?

— Non, et neuf fois sur dix, les accidents sont dus à la négligence ou à l'imprudence. En voici un exemple.

En 187... dans une usine à gaz de l'Est, on avait chargé un ouvrier de remplir à nouveau avec des silex, une colonne à coke. On avait fermé aussi hermétiquement que possible les vannes d'entrée et de sortie de l'appareil, pour empêcher le gaz d'y pénétrer. Mais une vanne ne ferme presque jamais bien et le gaz s'infiltre plus facilement

COMPTEUR D'ESSAI.

que l'eau dans le moindre passage. On avait recom-
mandé à l'ouvrier de prendre toutes les précautions possibles pour poser ses silex les uns sur les
autres, sans les jeter à la hâte et de façon à éviter
une étincelle dangereuse. Au bout de quelques
minutes, l'ouvrier laissé seul se dit que son travail irait beaucoup plus vite s'il se contentait de
jeter ses silex du haut de la colonne dans le fond;
il mit son beau projet à exécution et... une explosion épouvantable retentit; il fut projeté à 20 mètres en l'air et retomba écrasé. Le malheureux
n'avait pas pensé que le gaz mélangé à l'air dans
de certaines proportions forme un mélange détonant fort dangereux; il se fiait à ses vannes qui
laissaient passer le gaz, et l'étincelle produite par
le choc de deux silex avait mis le feu au mélange.
Il avait payé son imprudence de sa vie.

Mieux inspiré fut le sous-directeur de l'usine à
gaz de Bucharest : un jour un pont de bois, comme
il y en avait encore beaucoup en 1883, et sous
lequel passaient les gros tuyaux, avait pris feu; il
refusa de couper le gaz à l'usine. Il fit avec raison
comprendre aux agents que cette interruption de
gaz déterminerait dans la conduite un mélange détonant qui s'enflammerait sous l'action de l'incendie
et que les plus grands dangers en résulteraient.

On éteignit l'incendie et le plus grand dom-
mage qui en pouvait résulter pour l'usine était, si
les tuyaux avaient coulé sous l'ardeur des flammes,

Appareil pour l'émission du gaz.

une perte de gaz. Qu'est-cela? si on songe au danger que couraient plusieurs hommes.

Un autre exemple encore. En 1884, une fuite me fut signalée sur le marché de Bucharest, et après bien des recherches, nous la trouvâmes au bout d'un égout abandonné. Cet égout était rempli d'air mélangé au gaz; un ouvrier y mit le feu malgré mes ordres, en mon absence. Une horrible explosion eut lieu, qui projeta en l'air des bouches d'égout, des dalles de trottoir sans cependant blesser personne. L'explosion avait fait plus de bruit que de mal; mais vous comprendrez facilement ce qui s'est produit; le vieil égout avait joué le rôle d'un canon; le mélange détonant, celui de la poudre, et les fontes et pavés au bout de l'égout, celui de projectile. L'étincelle avait mis le feu aux poudres et les pièces résistantes avaient été envoyées au loin.

Ceci, mes amis, ajouta M. Laurent en guise de conclusion, nous prouve une chose, c'est qu'il ne faut jamais, jamais sous aucun prétexte, chercher soi-même une fuite de gaz. Des essais ont prouvé que le mélange d'air et de gaz est dangereux quand le gaz s'y trouve dans une proportion de 20 à 25 %. Au delà le mélange brûle comme du gaz ordinaire. En dessous de cette proportion, il n'y a pas de combustion autre que celle d'un gaz de mauvaise qualité comme celui qui sort parfois des appareils fermés depuis longtemps.

Mais sait-on jamais dans quelle proportion existe le mélange dans une habitation, dans un atelier? Donc laissez toujours aux ouvriers de l'usine le soin de rechercher les fuites; et soyez convaincus, malgré les exemples que je vous ai donnés plus haut, que le gaz n'est pas dangereux.

Il l'est moins que le pétrole qui se renverse et s'étend rapidement sur les planchers ou les vêtements. Il ne l'est pas plus que l'électricité qui, manœuvrée sans précaution, peut tuer un homme d'un coup de foudre. Il ne l'est pas pour les gens prudents.

CHAPITRE IV

Le coke. — Chauffage. — Aciéries. — Les engrais. — Ammo-
niaque. — Ce que l'on retire des eaux ammoniacales. —
Le goudron. — Les divers emplois dans l'industrie. —
Chauffage. — Cartons bitumés. — Asphaltes. — Briquettes.
— Huile de naphte. — Benzine.

— Après la distillation du charbon, quand le
gaz s'est évaporé et a été traité comme nous
venons de le voir, il reste dans la cornue un résidu appelé coke. Vous le connaissez bien tous et
vous l'avez reconnu, à la sortie du four. Je n'ai
donc rien à vous en dire : on l'emploie au chauffage des appartements, de préférence même à la
houille, parce qu'il est moins cher, ne produit pas
de fumée et développe une chaleur plus intense
que le charbon. On s'en sert aussi pour la fabrication de l'acier.

Le gaz, en sortant de la cornue, et dans les
différentes étapes que nous lui faisons franchir
avant d'arriver au gazomètre, dégage deux autres
matières ;

L'ammoniaque et le goudron.

Entre autres emplois de l'ammoniaque, je vous signalerai d'abord son usage comme engrais.

Mais d'abord un mot sur les engrais en général et sur l'action de l'ammoniaque sur la terre :

Les engrais chimiques, comme le fumier, engrais naturel, servent à rendre à la terre les éléments dont elle a besoin pour telle ou telle culture. Les phosphates sous quelque forme qu'ils se présentent : « guano, phospho-guano..... » lui rendent le phosphore nécessaire pour les céréales; le blé, par exemple, et le seigle. Mais la terre a besoin d'azote pour les plantes azotées et quand elle est épuisée, quand ce principe est enlevé de son sein fécond, il faut le lui rendre sous une forme ou sous une autre. M. Mallet, mon regretté maître, l'avait bien compris quand il s'est mis à rechercher les moyens pratiques de rendre à la terre l'ammoniaque des eaux-vannes de la fabrication du gaz.

Mais il fallait : 1° trouver le procédé industriel pour retirer cet ammoniaque des eaux ammoniacales ; 2° faire comprendre aux agriculteurs l'intérêt qu'ils auraient à l'employer ; 3° enfin prouver que l'ammoniaque rendait à la terre l'azote dont elle avait besoin.

Il a trouvé le moyen de fabriquer le sulfate d'ammoniaque avec les eaux ammoniacales que jusqu'alors on jetait dans les égouts, et les comices agricoles, les sociétés d'agriculture, les grands propriétaires ont fait faire des essais multiples qui ont prouvé surabondamment quel intérêt l'agriculture avait à employer les engrais chimiques ; et quelle parfaite absorption se faisait dans le sol de l'azote provenant de la décomposition de l'ammoniaque répandu à la surface sous forme de sulfate.

Étudions d'abord la fabrication du sulfate d'ammoniaque.

Elle repose tout entière sur ce principe émis par l'illustre chimiste, dont l'école à laquelle vous avez l'honneur d'appartenir porte le nom, Berthollet :

Quand un sel est mis en présence d'une base forte, pour laquelle l'acide du sel a plus d'affinité que pour la base du sel, il y aura décomposition chimique et formation d'un sel nouveau. Si donc, dans certaines conditions, nous mettons les sels ammoniacaux contenus dans les eaux ammoniacales en présence d'une base forte, la chaux par exemple, il y aura décomposition des sels d'ammoniaque pour former des sels de chaux et l'ammoniaque sera mis en liberté. On le recueillera sous une forme quelconque, en le faisant arriver dans une cuve contenant de l'acide sulfurique auquel il s'unira en vertu de son affinité, pour former un nouveau sel, le sulfate d'ammoniaque.

Tel est le principe de la fabrication des sulfates d'ammoniaque que l'on obtient par distillation et mélange avec l'acide sulfurique.

De ces eaux ammoniacales on tire encore :

L'alcali volatil, ce caustique si puissant contre les piqûres et les morsures ;

Le *sel ammoniac*, qui sert dans l'industrie des plombiers à préparer les soudures, à la galvanisation de la tôle, préparation qui empêche la tôle de s'oxyder ou de se détériorer sous l'influence des agents extérieurs, des fumées acides... Le sel ammoniac n'est autre que du chlorhydrate d'ammoniaque.

Le *carbonate d'ammoniaque*, employé en teinture, pour le lavage des laines et aussi pour la fabrication de certaines pâtisseries ;

Le *sulfocyanure d'ammonium*, qui sert encore pour la teinture et l'impression des tissus.

Quel progrès, depuis 25 ans, époque à laquelle on jetait à la rue les eaux ammoniacales comme produits encombrants ! Que de richesses perdues ! Mais aussi que de nombreux emplois, à notre époque, de ces produits dédaignés alors et si utiles à l'industrie !

Le troisième et dernier sous-produit obtenu dans la fabrication du gaz de houille est le goudron. Avant que l'on se soit occupé de séparer et d'analyser les éléments utiles du goudron, on a dû naturellement songer à l'employer à l'état brut. On s'en est servi comme combustible. A la suite de nombreux essais, on l'a amalgamé avec du poussier de charbon ou de coke, on en a fait un charbon artificiel, et on a fabriqué les briquettes que chacun de vous a vues dans les tenders des locomotives ; il a été aussi utilisé pour la conservation des bois ; on en a extrait du gaz en le faisant arriver dans des cornues sur le charbon incandescent. Enfin des savants l'ont analysé et en ont extrait des corps nombreux dont une partie est actuellement entrée dans le domaine de l'industrie et employée à divers usages.

Vous avez tous vu du goudron.

C'est un liquide noir, visqueux, d'une odeur particulière et plus ou moins épais ; un mélange extrêmement compliqué de combinaisons chimiques qui n'ont pas encore été toutes isolées.

Jusqu'ici on a trouvé dans le goudron :

Hydrocarbures	70
Corps oxygénés	15
Corps sulfurés	11
Corps azotés	19

dont quelques-uns imparfaitement connus

Je n'ai pas la prétention de vous parler de chacun de ces corps ; nous passerons seulement en revue les principaux dérivés et les applications qui en ont été faites.

Je ne vous parlerai que du chauffage par le goudron et des matières tinctoriales.

Le goudron est un corps d'autant plus combustible qu'il contient des hydro-carbures s'enflammant vers 300° environ au maximum.

J'ai assisté une fois dans ma vie à l'inflammation subite d'un jet de goudron sortant avec force d'un appareil à gaz et tombant dans le cendrier d'un four à 7 cornues ; la chaleur reflétée par le foyer (200 à 300°), suffit pour y mettre le feu. Je commence par vous avouer, mes amis, que jusqu'ici on n'a pas trouvé une méthode parfaite de chauffage des fours par le goudron, malgré les différents moyens mis en usage : les uns le mélangent avec du coke ou du charbon et se contentent de jeter le mortier ainsi préparé dans le foyer. Ce système est mauvais, car il faut pour brûler complètement le goudron une arrivée d'air considérable que les interstices séparant les barreaux chargés de coke ne peuvent pas laisser passer.

Les autres le font venir directement en jet liquide dans le foyer préparé spécialement.

D'autres encore l'envoient en vapeur, pour ainsi dire, au moyen d'un appareil dit injecteur, semblable à l'injecteur Giffard, si connu de tous.

Les deux principaux appareils français envoyant le jet liquide de goudron dans le foyer sont ceux de M. Letreust et de M. Rougé.

Ce dernier est le plus simple ; il nécessite une surveillance moins minutieuse et assure un fonctionnement régulier ; il est le plus employé.

De la fabrication des briquettes, je ne vous dirai rien ; votre directeur vous l'a expliquée en chemin de fer, et hier, vous avez vu comment on opère.

Vous avez vu aussi l'emploi que l'on fait du brai gras pour la fabrication des trottoirs et tout le monde sait comment opèrent à Paris les ouvriers de la Compagnie des asphaltes. C'est encore là une importante utilisation de résidu de la distillation des goudrons.

Les cartons pour toitures sont fabriqués aussi au moyen de goudron de gaz. On prend des plaques de carton ou de feutre convenablement préparées pour cet usage. On les fait passer dans un bain de goudron bouillant et on enlève l'excès de goudron au moyen d'un rouleau qui, en même temps, fait pénétrer le goudron à l'intérieur du carton. On laisse sécher le carton ainsi préparé, puis il est livré à l'industrie. On place ensuite ce carton sur les toits en ayant soin de lui donner pendant la première année de fréquents enduits d'un mélange de brai et d'huile lourde que l'on saupoudre de sable. Ainsi entretenu, ce genre de toiture économique peut durer plusieurs années. Je l'ai employé ici et j'en ai été satisfait.

Telles sont les principales applications de goudron brut, ou du brai. Nous allons voir maintenant l'admirable série des composés que l'industrie a tirés du goudron et l'emploi qui en est fait chaque jour.

Ces premières explications données, repre-

nons le goudron dans les citernes où nous l'avons
vu tomber hier pendant la distillation du gaz.

Nous trouvons là un goudron impur, chargé
d'eaux ammoniacales, d'eaux d'arrosage et d'eaux
de pluie. La première opération à lui faire subir
est de le débarrasser de ces corps étrangers.

Une pompe vient le prendre dans la citerne
et par un conduit souterrain, qui passe sous vos
pieds, le mène dans cette grande salle. Pénétrons-
y ensemble.

La masse goudronneuse arrive dans ces chaudières que vous voyez là; elles ont une contenance
de 30 à 40 mètres cubes. Le goudron y reste pendant trente-six heures et supporte une chaleur de
80 à 90 degrés maximum. Vous devinez le résultat
de cette première opération : le goudron se ramol-
lit et surnage, tandis que les eaux, beaucoup plus
denses, tombent au fond du récipient d'où on les
soutire à l'aide de ces gros robinets; ces eaux
sont envoyées dans des citernes ou dans des puits
perdus.

De son côté, le goudron doit être distillé, car
c'est toujours à une distillation qu'il faut recourir
pour tirer d'un corps composé tous ses éléments.
A cet effet, il est conduit dans ces chaudières qui,
vous le voyez, affectent une forme spéciale.

Là, on le chauffe progressivement jusqu'à
360° et, pendant cette opération, les différents
produits se dégagent comme suit :

1° à 140° on recueille des *huiles légères* ou *huiles de naphte;*

2° de 140° à 200°, des *huiles moyennes;*

3° dè 200° à 360°, des *huiles lourdes.*

Ce qui reste au fond de la cornue, le résidu, est le *brai*, sec ou gras, suivant le degré où l'on a poussé la distillation.

On distille encore une fois les deux premières huiles : tout ce qui passe en dessous de 140° est rejeté dans les huiles légères, le reste est mélangé avec les huiles lourdes.

Nous ne nous occuperons que des huiles légères et des huiles lourdes qui seules jusqu'ici ont donné des matières colorantes.

Les huiles légères sont d'abord traitées par un lavage à l'eau qui dissout certains corps étrangers que l'on enlève par *décantation.*

— Qu'entendez-vous par décantation, monsieur?

— C'est simplement laisser reposer le liquide dans un récipient et ensuite le soutirer.

Après cela, on envoie la masse dans de grands bacs doublés de plomb, où on la traite par de l'acide sulfurique, ou vitriol, afin d'enlever les produits alcalins qui existent dans le mélange; enfin on ajoute à cette lessive une certaine quantité de soude caustique, afin de débarrasser les huiles des acides préexistants et de l'excès d'acide sulfurique que l'on a dû employer.

8

Tout ce travail se fait dans de grandes chaudières munies d'agitateurs à palettes, mues mécaniquement, qui brassent bien le mélange et font un tout homogène.

En distillant encore, on obtient, entre 90° et 115°, un produit bien connu des ménagères et que Colas a vulgarisé en France : la Benzine, qui sert à détacher les étoffes.

La benzine a été découverte en 1825, par Faradey, et c'est un Anglais, Ch. Mansfield, qui, en 1847, imagina l'appareil de distillation spécial pour obtenir la benzine.

Lorsque ce produit est purifié, il se présente sous l'aspect d'un liquide mobile, incolore, ayant une odeur spéciale, éthérée, il est vénéneux à haute dose, anesthésique, c'est-à-dire qu'il provoque le sommeil et peut amener les convulsions; il dissout les graisses, d'où son emploi pour détacher les étoffes, les huiles, le camphre, la cire, le caoutchouc, le soufre, l'iode, le phosphore.

— Et les couleurs, monsieur?

— Nous y arrivons :

En 1847, Ch. Mansfield, prenait un brevet pour la fabrication d'un corps qui, disait-il, pouvait tenir lieu de l'essence d'amandes amères si fréquemment employée par les parfumeurs, corps auquel il donnait le nom de *nitro-benzine*. Mitscherlich avait eu presque à la même époque l'idée d'étudier le mélange de benzine et d'acide azotique; mais ses expériences n'étaient jamais sorties du laboratoire, car la réaction de ces deux corps l'un sur l'autre était vive, et si la benzine n'était pas pure, des explosions avaient lieu; aujourd'hui, la fabrication de la nitro-benzine est devenue pratique.

Consacrons une étude spéciale à ce nouveau corps.

CHAPITRE V

— Quand ils ont trouvé le moyen de découvrir la nitro-benzine, les inventeurs ne se doutaient guère de tous les sous-produits que les chimistes allaient en tirer.

La première de ces découvertes est due à un chimiste russe, M. Zinin, qui trouva l'ANILINE, mot dérivé du portugais *anil*, qui veut dire indigo.

Cette couleur une fois trouvée, le champ était ouvert :

En 1856, un Anglais du nom de Perkin cherchait à faire de la quinine artificielle. Il fit agir, en présence de l'eau, deux corps : le bichromate de potasse sur le sulfate d'aniline.

Le mélange ne lui donna pas la quinine, mais il se colora d'une belle couleur mauve qu'il appela *mauvéine* et qui devint rapidement à la mode.

En 1859, MM. Renard et Vergoin prirent un brevet pour la fabrication d'une matière colorante rouge tirée de l'aniline.

En 1860, Girard et de Laire suivirent cet exemple, et tant d'autres en France, en Allemagne, en Angleterre.

La série des couleurs était trouvée et les récents succès de nos armes en Italie faisaient donner à ces couleurs les noms de *rouge Magenta, rouge Solférino*, qui sonnent si agréablement aux oreilles françaises.

Plus tard, on découvrait un autre mélange qu'en raison de sa ressemblance avec la couleur du fuchsia, on nommait *fuchsine ;* c'est le produit cher aux marchands de vin ; son mélange avec d'autres matières donnait le *grenat d'aniline* ou *fuchsine jaune* et enfin la *géranosine.*

MM. Girard et de Laire et, après eux, de nombreux savants, ont eu l'idée de chauffer ensemble de la fuchsine et de l'aniline ; ils obtinrent la *rosaniline phénilée* qui est d'un bleu éblouissant ; en variant la quantité d'aniline employée, ils purent constituer successivement des couleurs *bleu violacé, bleu franc* et *bleu lumière.*

Cette dernière ainsi nommée à cause de la franchise de son ton même à la lumière artificielle.

— En somme, fit observer le directeur, c'est

toujours par le mélange de ces différents produits que l'on obtient toutes ces variétés de couleurs?

— Oui, et simplement en variant les quantités. Mais ces quantités n'ont été connues qu'après de longues recherches, de nombreux essais, et quelquefois, c'est le hasard qui a tout fait.

— Et toutes ces couleurs se trouvent dans le commerce?

— Oui, car elles sont d'un usage très répandu; elles portent des marques diverses, qui indiquent des qualités et la proportion de l'aniline employée pour leur fabrication.

Parmi les couleurs bleues, citons encore l'*azuline*, obtenue en 1862 par Guinon, Marne et Bouvet de Lyon, par l'action de l'aniline sur l'*acide rosalique*.

De la série des couleurs bleues, passons aux violets qui se préparent d'une façon analogue, les appareils étant les mêmes; seule, la proportion d'aniline diffère; elle est moins considérable que pour les bleus et la durée de l'opération moins longue. Girard et de Laire obtiennent le *violet impérial rouge* au moyen de l'aniline et du sulfate de rosaniline.

Un traitement analogue avec l'acétate de rosaniline et l'aniline donne le *violet bleu*.

En 1867, Poirier et Chappat, grands teinturiers à Clichy, trouvaient le *violet de Paris*, obtenu par

l'action de l'esprit de bois sur l'aniline du commerce mélangée avec un troisième corps au nom
barbare : *chlorure d'ammonium ;* le tout chauffé
à 250°.

Je vous ai parlé tout à l'heure du violet Perkin ou mauvéine obtenue par hasard. Ce produit
est fabriqué en Alsace par Scheurer-Kestner, à
Thann, par une méthode légèrement différente de
celle indiquée par le savant anglais.

La série des couleurs vertes n'est pas moins
intéressante et Girard et de Laire ont signalé le
vert lumière. A cette occasion, laissez-moi vous
dire l'histoire de ces deux savants, elle est digne
d'attention.

Ces deux chimistes, tout jeunes encore, pleins
d'ardeur et de talent, avaient monté près de Ris-
Orangis, vers 1875, une petite usine où ils com-
mençaient à fabriquer les couleurs qu'ils avaient
découvertes, lorsque des difficultés suscitées par
des voisins vinrent les interrompre. La chimie
n'a qu'un défaut : elle ne sent pas toujours bon,
il faut en convenir et excuser les voisins qui ne
connaissaient d'elle que ce côté désagréable.

La fermeture de l'usine de Ris n'en fut pas
moins fâcheuse ; si l'on avait vu des savants, de
vrais savants, de vrais inventeurs tirer profit de
leurs inventions, c'eût été un cas rare, une curio-
sité de notre époque, et l'on peut être sûr que,
dans cette usine modèle, de tels industriels n'eus-

sent pas délaissé la science pour l'industrie. La médaille d'honneur qui leur fut donnée à l'Exposition de 1878, sur le rapport de M. Wurtz, fut la bien juste récompense de leurs travaux.

Aujourd'hui les brevets de MM. Girard et de Laire sont exploités par M. Poirier, à Saint-Denis. M. de Laire dirige une usine de produits chimiques à Grenelle et M. Girard est le chef de ce Laboratoire municipal de Paris qui inspire à nos marchands de vin et à nos épiciers une terreur si salutaire et une haine si comique. Les débitants d'eau rougie par la fuchsine ont à qui s'adresser et M. Girard, qui sait comment la fuchsine se prépare, ne doit pas les ménager. Ce n'est pas seulement de la fuchsine qu'ils mettent dans leur vin, c'est de l'arsenic, car la fuchsine n'en est jamais complètement débarrassée.

Dans cette même série des verts, notons le *vert Usèbe*, dont la découverte est assez curieuse.

Un ouvrier d'Usèbe, nommé Cherpin, s'était occupé de fixer sur les fibres textiles des étoffes une couleur bleue très instable, obtenue au moyen de l'aldéhyde, c'est-à-dire au moyen de l'alcool modifié dans sa constitution. Le malheureux ne pouvait y parvenir; désespéré, il s'adressa à un photographe qui lui conseilla d'essayer l'agent fixateur dont on se sert en photographie, c'est-à-dire l'hyposulfite de soude. Cherpin suivit ce

8.

conseil ; à sa grande surprise, il obtint non pas de fixer le bleu, mais une couleur verte superbe qui prit le nom de *vert Usèbe*.

Malheureusement cette belle couleur perd sa fraîcheur en vieillissant; on doit la préparer juste au moment de s'en servir.

Un Français, Paraf, prit un brevet pour un *vert à l'iode;* sa méthode a été perfectionnée par Girard qui obtint des prismes d'un *vert cantharide* à l'iode absolument pur. Hoffmann a étudié également le procédé. Poirier, Bardy et Lauth obtinrent un *vert dit de Paris* en faisant agir des oxydants sur des corps dérivés de la benzine et de l'aniline.

Girard et de Laire obtinrent des *bruns* en faisant agir des sels de rosaniline. H. Kœchlin, de Mulhouse, en traitant des solutions aqueuses de fuchsine par du zinc et en faisant bouillir la masse, obtenait un produit qu'on isolait par l'alcool et qui avait une belle couleur brune.

En 1864, Simpson, Nicholson et Maub obtinrent le *jaune d'aniline* en faisant passer un courant d'acide azoteux dans une dissolution alcoolisée d'aniline.

Telles sont, mes chers amis, les principales couleurs extraites des huiles légères produites par la cristallisation du goudron; de ces huiles nous avons retiré d'abord la benzine, puis l'aniline, qui est en somme l'origine de toutes les couleurs, car c'est de l'aniline que nous avons retiré la fuch-

sine, et de son mélange avec d'autres produits
que nous avons composé les différentes nuances
de rouge, de bleu, de violet, de vert, de jaune et
de brun. Il y en a d'autres encore, mais je ne vous
en parlerai pas, parce que, pour vous indiquer
leur mode de fabrication, il me faudrait entrer
dans des explications trop longues et que vos
connaissances en chimie ne sont pas encore assez
étendues pour que vous puissiez m'écouter utile-
ment.

Nous allons voir maintenant ce que l'on obtient en distillant les huiles lourdes.

Nous allons trouver un produit que vous ne
vous attendiez pas, j'en suis sûr, à trouver ici :
l'*acide phénique*, que vous connaissez tous de nom,
que l'on emploie comme désinfectant et dont on
fait maintenant un si grand usage en médecine et
en chirurgie. Il se dégage, pendant la distillation,
entre 150 et 200°.

C'est Runge qui l'a découvert en 1834; mais
c'est Bobœuf qui a donné son nom au phénol qui
l'a fait connaître.

En le préparant, en 1834, Runge trouva dans
le résidu de la préparation une matière jaune qu'il
nomme *coralline* ou acide *rosolique* et dont je
vous ai déjà dit un mot.

En 1859, Persog fit chauffer cet acide rosalique avec de l'ammoniaque et il obtint une substance colorante *rouge* qu'il nomma *péonine*,

tant elle avait d'analogie avec la nuances des pivoines.

Un Allemand, Fresenius, a indiqué la manière de fabriquer industriellement l'acide rosalique ; il en tira une matière jaune qu'il nomma *aurine*. Mais ces choses sont peu importantes. Les deux corps extraits des huiles lourdes qui méritent de nous arrêter sont : la *naphtaline*, et l'*anthracène*.

Ce nom de naphtaline fait frémir les directeurs d'usines à gaz, car la naphtaline est un des plus cruels ennemis de la fabrication et de l'exploitation. Elle cause des obstructions qui nuisent à la fabrication en bouchant les conduits.

Le moyen de préparer la naphtaline et de l'obtenir est des plus simples : on prend des huiles lourdes, on les ramasse dans un vaste récipient et on les laisse reposer pendant plusieurs jours dans un endroit froid. La naphtaline se dépose sous forme de cristaux que l'on sépare du liquide par filtration, que l'on turbine et que l'on comprime pour la mettre en gâteaux.

La naphtaline fond à 19° et devient un liquide clair comme de l'eau ; son odeur est tellement forte et pénétrante qu'on l'emploie pour la destruction de certains insectes.

— Est-ce qu'elle donne aussi des couleurs ?

— Oui, elle produit, elle aussi, plusieurs couleurs.

La *nitronaphtaline*, d'une couleur jaune de

soufre, qui jouit de cette propriété particulière que, chauffée vivement, elle détone violemment; et qu'elle se volatilise si l'on chauffe lentement.

Bouillie avec de l'acide azotique très étendu, refroidie ensuite et traitée avec de l'eau contenant 5 % d'ammoniaque, la naphtaline donne un liquide d'un beau jaune qui teint la laine et la soie en *jaune d'or*, couleur résistant bien à la lumière. On ne fabrique plus cette couleur actuellement pour des raisons d'économies industrielles trop connues.

La *rosanaphtylamine*, qui possède une propriété particulière :

Dissoute dans l'alcool elle produit un étrange et merveilleux effet. Le liquide devient d'un rouge éclatant et, suivant la manière dont on le présente à la lumière, on le voit traversé de nuages phosphorescents. Laissez-le reposer et attendez que l'alcool se soit lentement évaporé : le vase sera tapissé de belles aiguilles vertes à reflets irisés.

Les couleurs violettes, bleues, écarlates ou rouges obtenues par des transformations successives de la naphtylamine n'ont pas donné de résultats satisfaisants dans leur emploi ; elles passent vite, elles n'ont ni grande fixité, ni grand éclat.

Le *jaune de Martius* ou *jaune de Manchester*.

Le jaune de Martius est une des matières colorantes jaunes les plus belles et les plus pures et il

teint la laine et la soie sans mordants dans toutes
les nuances du jaune citron clair ou jaune d'or. Les
couleurs se distinguent par leur pureté et leur éclat;
elles résistent à la vaporisation. Le pouvoir tincto-
rial du jaune de Martius est tel, qu'avec 1 kilo de
la matière colorante on peut teindre 200 kilos de
laine en un jaune intense.

Mais certains corps de cette série sont dangereux à manier, ils sont explosifs, aussi faut-il les
emballer, les expédier, les employer avec les plus
grandes précautions. Ils sont livrés généralement
au commerce sous forme de pâte ou mélangés avec
un peu de glycérine.

Comme la plupart des corps que nous avons
passés en revue, l'*anthracène* était connue depuis
longtemps, mais seulement comme substance
chimique purement scientifique, lorsque Graebe
et Liebermann établirent, par leurs admirables
travaux, que le principe colorant de la garance,
l'*alizarine*, pouvait être tiré de ce corps industriellement. Ce n'est ni au hasard ni à l'observation
d'une réaction non prévue qu'est due cette découverte. C'est à l'étude.

La chimie envahit l'agriculture. Et c'est vrai :
la culture de la garance est morte à jamais. En
Alsace et dans les doux et ensoleillés pays du Midi,
la garance a vécu : on la tire maintenant de la
houille et, comme le dit poétiquement Cochin, « des
gigantesques magasins naturels où les plantes et

les fleurs de l'ancien monde se sont entassées et desséchées depuis des siècles ».

Quelques mots d'histoire tout d'abord sur l'anthracène.

L'anthracène a été découvert, dès 1832, par Dumas et Laurent, qui trouvèrent parmi les produits de la distillation du goudron de houille une substance blanche et cristalline qu'ils appelèrent *paranaphtaline,* dénomination changée plus tard par Laurent en celle d'anthracène. Fritzche en 1857, Anderson en 1862, Limpricht en 1866, étudièrent l'anthracène, et Berthelot, cette même année de 1886, commençait ses beaux travaux sur l'influence de la chaleur sur les corps analogues comme composition chimique à l'anthracène. Enfin en 1866, Graebe et Liebermann découvrirent un procédé pour tirer de l'anthracène l'alizarine artificielle. Cette découverte eut une portée énorme, l'attention générale fut attirée sur l'anthracène, et à dater de ce moment l'anthracène, ses dérivés et l'alizarine artificielle furent l'objet de recherches nombreuses et de travaux approfondis ; mais le dernier mot n'est pas encore dit, même sur les moyens d'obtenir l'alizarine artificielle, et l'on peut espérer que quelque savant simplifiera un jour ou l'autre, par une nouvelle découverte, le procédé employé actuellement.

La *Compagnie parisiene du Gaz* et le *Gaz Light and Coke Company* de Londres sont les deux grands producteurs d'anthracène. Malheureusement ces produits passent généralement en Allemagne où sont les plus grandes et les plus belles fabriques de rouge. L'agriculture française avait beaucoup perdu en perdant la culture de la garance ; il est fâcheux que l'industrie française n'ait pas su recueillir tout l'héritage. Pour les couleurs d'aniline, les découvertes et les progrès se sont accomplis dans les ateliers de MM. Pelouze, Coupier, Vergoin, Poirier et Dehaynin. Depuis la découverte de l'alizarine, il semble que l'élan se soit ralenti en France. Nous n'entendons plus que les noms allemands de Graebe, Libermann, Limpricht, et la teinture des uniformes de nos soldats est le plus souvent préparée dans les usines d'Outre-Rhin.

En faisant agir un corps oxydant sur l'anthracène on obtient l'*anthraquinone*, dont les produits et sous-produits sont encore peu connus.

— Fabrique-t-on beaucoup d'alizarine ?

— La fabrication de l'alizarine est devenue une branche importante de l'industrie.

M. Wurtz, dans son rapport sur l'Exposition universelle de 1878, donne les renseignements suivants :

« En Allemagne, huit usines, dont deux très « importantes, celle de Gressert et Cie, à Elberfeld, « et celle de Meistre, Lucius et Cie, à Hochst, sont « en pleine activité. On en compte deux en Suisse,

« une en Angleterre, une en France, fondée par
« l'ancienne et honorable maison Thomas, à Avi-
« gnon. MM. Thomas frères ont eu la bonne pensée
« et le courage d'établir une fabrique d'alizarine
« artificielle au centre même de ce Comtat Venais-
« sin qui a été jusqu'ici le principal lieu de pro-
« duction de la garance. On peut évaluer à 3,500
« kilogrammes la quantité d'alizarine artificielle
« produite journellement et cette production est
« certainement augmentée depuis l'année der-
« nière. »

— Cette teinture donne-t-elle d'aussi bons
résultats que celle extraite de la garance?

— Oui, si l'on a soin de prendre certaines précautions, parce que, à la longue, sa richesse colorante tend à diminuer.

— Comment est l'alizarine quand elle est bonne
à employer ?

— C'est une poudre fine, d'une couleur jaune
tirant sur le brun, plus ou moins foncée suivant
qu'elle est plus ou moins pure. Elle est alors mise
dans des vases de verre, dans des caisses de zinc
ou dans des barils bien étanches.

Telle est, mes chers enfants, la série des
couleurs principales tirées de la houille. Il en est
encore d'autres ; mais je ne puis vous en parler,
d'abord, parce que cela nous mènerait trop loin et
puis, surtout, parce que, comme je vous le disais
tout à l'heure, pour bien comprendre mes explica-

tions, il faudrait que vous ayez poussé plus loin vos études en chimie.

N'admirez-vous pas, comme moi, mes chers amis, les merveilleux progrès de cette belle science qu'on appelle la chimie ? Science admirable, qui d'un morceau de charbon, noir, informe, sale, a pu tirer le gaz qui éclaire nos villes, le coke qui chauffe nos habitations l'ammoniaque qui enrichit l'agriculture et rend nos champs féconds, le goudron dont les sous-produits sont innombrables : brais employés au chauffage, à la confection des trottoirs, des cartons bitumés, et enfin, des couleurs sans nombre.

Oui, admirable science, que celle qui a pu extraire tous ces produits d'un bloc de houille ! N'est-on pas amené à penser que les forêts ensevelies qui, par leur fermentation souterraine, ont formé le charbon, rendent aujourd'hui à l'industrie les couleurs brillantes des fleurs antédiluviennes qui croissaient à l'ombre de leurs arbres gigantesques ? C'est comme une résurrection que la chimie opère chaque jour.

Tout en écoutant M. Laurent, nous étions revenus devant sa demeure ; il regarda sa montre.

— Midi et demi, mes enfants ! nous sommes en retard, le déjeuner nous attend.

Le soir, il fallut se quitter et dire adieu à ce bon M. Laurent qui s'était si obligeamment mis à notre disposition et nous avait si bien expliqué toutes les choses merveilleuses qu'il nous avait montrées.

Nous repartions le soir même pour gagner Saint-Étienne et rentrer à Paris par l'Auvergne et le Bourbonnais.

C'est le premier voyage de vacances que je faisais, et je me promis bien, ainsi que mes camarades, de travailler de toutes mes forces pour être encore l'année prochaine au nombre des élus.

FIN

TABLE DES MATIÈRES

PREMIÈRE PARTIE

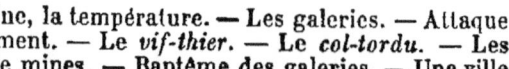

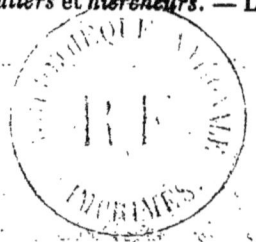

DEUXIÈME PARTIE

CHAPITRE PREMIER

CHAPITRE II

CHAPITRE III

CHAPITRE IV

CHAPITRE V

FIN DE LA TABLE DES MATIÈRES

POITIERS. — IMPRIMERIE P. OUDIN.

www.ingramcontent.com/pod-product-compliance
Lightning Source LLC
Chambersburg PA
CBHW070853030726

47504CB00005B/1327